KB045361

오늘 아내에게 우울증이라고 말했다

오늘 아내에게 우울증이라고 말했다

김
정
원
에
세
이

시공사

"우울증입니다"라는 의사의 말을 실제로 들었을 때, 내가 한 행동은 병원을 나와 회사를 그만둔 것이었다. 체계적 치료는 하지 않았다. 내가 우울증 환자라는 것을 인정하기 두려웠다. 지금도 여전히 우울하지만 병원을 가지 않는 이유기도 하다. 이 책은, 그날의 내가 병원을 나서는 대신 정식으로 치료를 했을 때의 이야기다. 특별한 교훈이나 깨달음은 얻지 못했다. 다만, 내일은 정신과에 가볼 용기가 생겼다.

– 김보통, 《아직, 불행하지 않습니다》 저자

저자는 우울증에 '걸리다', '앓다', '생기다' 대신 '오다'라는 동사를 썼다. 내가 부른 게 아니라 우울증이 나에게 왔고, 또 언제든 돌아갈 수도 있다는 믿음이 담겼다. 가까운 이들에게조차 쉬이 털어놓기 어려운 게 마음의 병이다. 그중에 제 발로 병원을 찾는 사람은 몇이나 될까. 어찌어찌 병원 문턱을 넘고 처방전이라도 받으면, 낙인이라도 찍힌 것만 같은 기분에 더욱 마음이 무겁다. 저자 역시 아내에게 말을 꺼내기까지 얼마나 많은 용기가 필요했을까. 처음은 쉽지 않았지만, 결국은 당당히 사무실 책상에도 약 봉투를 올려둘 수 있게 됐다. '실은 나도…'로 시작되는, 주변인들의 은밀한 상담 요청을 받기 시작했다. 혹시 당신도 아직 털어놓지 못했다면, 이 책은 좋은 길잡이가 되어줄 것이다.

- 김소영, 《진작 할 걸 그랬어》 저자, 방송인·책발전소 대표

나는 언제나 우울증 환자들의 다양한 목소리를 듣고 싶었다. 또 본인만의 경험과 자세한 치료 과정, 상담사의 해결책이 담긴 책을 원했다. 그런 의미에서 이 책은 세 가지를 모두 충족하고 있다. 저자는 '정신병에 대한 편견'으로 가득한 상태에서 우울증을 맞닥뜨리지만, 거기서 멈추지 않고 자신의 치료 과정을 아주 민예하고 성실하게 써나간다. 또 다소 어렵고 지루할 수 있는 치료 방법과 약에 대한 설명은 가볍고 리듬감 있는 문체 덕에 편하게 읽을 수 있었다. 마치 한 권의 소설 같기도 한 이 책은, 정신과에 가기 전 미리 읽어야 할 '입문서'로 불러도 좋을 거 같다. 그럼 조금은 편안하게 병원 문을 두드릴 수 있지 않을까.

- 백세희, 《죽고 싶지만 떡볶이는 먹고 싶어》 저자

01

오늘, 정신과에 갑니다

F코드의
습격

F321. 수학 공식 같은 코드가 찍혔다. '중등도中等度 우울증'이란다. 인생 학점이 F라도 되는 듯 병명 코드까지 F로 시작한다. 젠장. "F***!" 욕설을 한마디 내뱉으며 정신과 문을 나섰다.

한국 사회에서 '정신과'는 단순히 세 글자로 이뤄진 낱말이 아니다. 미친, 비정상, 자살, 우울, 정신병, 낙인, 낙오자, 실패, 패배 같은 단어와 주로 짝을 이뤄 쓰인다. 나 역시 정신과에 대해 이런 생각을 갖고 있었기 때문에 병원 문을 두드리기까지 고민이 많았다. 미루고 미루다 도저히 안 되겠다 싶어 제 발로 병원을 찾았다. 나 스스로 내가 너무 겁났기 때문이다.

"띠디디디, 띠디디디!" 아침 7시, 날카로운 기계음의 알람이 울린다. 사실 알람은 필요가 없다. 밤새 뜬눈으로 지새운 탓이다. "아, 진짜 출근하기 싫다. 아니, 겁난다." 들릴 듯 말 듯 혼자 중얼거린다. '그냥… 이 땅에서 확 사라져버리면 어떨까. 그럼, 편안하지 않을까?' 극단적인 생각이 쾅쾅 마음 문을 세게 두드렸다.

'이러다 진짜 큰일 나겠다.'

사회생활 하면서 예전에도 물론 힘든 시기를 겪었다. 아침에 출근하기 싫을 때도 당연히 있었다. 가끔씩 회사를 때려치우고 다른 직업을 찾아보거나 이민 갈 생각도 했다. 하지만 지금까지 살면서 한 번도 극단적인 선택을 생각해본 적은 없었다. 이번에는 달랐다. 뭔가 '센 놈'과 맞닥뜨렸다는 느낌이 들었다.

외부에서 취재를 할 때 회사 전화가 오면 깜짝깜짝 놀랐다. 세 줄짜리 짧은 기사 하나 쓰는 데도 온 신경을 집중해야 했고 기사를 보내고 나서도 불안했다. '당신 하나도 제대로 못 쓴다고 욕하고 있겠지.' 상사가 불만 섞인 전화를 하지 않을까 불안해하면서 10초 간격으로 부재중 전화가 없는지, 메신저로 업무 지시가 오지는 않았는지 확인했다.

자신감도 바닥을 기었다. 아무리 힘들더라도 나 자신에 대해선 믿음을 잃지 않았는데 내가 너무나도 보잘것없이 느껴졌다. 딱히 잘못한 게 없는데도 상사에게 업무 보고를 할 때마다 쥐구멍이 있으면 기어들어 가고 싶은 심정이었다. 몇 초 만에 지하 100층 아래로 내려가는 초고속 엘리베이터를 탄 것처럼 발밑이 꺼지는 느낌에 사로잡혔다. 물에 빠진 사람처럼 가쁘게 숨을 몰아쉬기도 했다. 그러다 결국 머릿속으로 최악의 선택을 그리곤 했다. 충격이었다. 한 번도 그런 적이 없었는데 겁이 덜컥 났다.

이러다 진짜 큰일 나겠다 싶었다. 포털에서 근처 정신과를 검색했다. 20여 개 병원 목록이 쭉 떴다. '아니, 이렇게 주위에 정신과가 많았나?' 검색은 했는데 막상 어느 병원에 가야 할지 막막했다. 그냥 감으로 찍었다. 전화번호를 누르기 전 호흡을 가다듬었다. 뭔가 큰 잘못을 하고 난 뒤 직장 상사에게 전화를 거는 신입사원처럼 심장이 쿵쾅쿵쾅 뛰었다.

"00정신건강의학과입니다." 생각보다 간호사 목소리는 밝았다. 예약 문의를 했다. 당일은 예약이 다 찼고 사흘 뒤 저녁 시간에 가능하다고 했다. 병원 방문 전 사흘 동안 마음속에서 '갈까'와 '말까'가 편을 가르고 싸웠다. 왠지 증상은 조금 좋아지는 것 같았고 군이 병원까지 가야 될 일인가 싶었다. 하지만 불안감은 자꾸만 내 마음속으로 와락 덤벼들었다.

오늘,
정신과에 갑니다

병원 방문 당일이 됐다. 막상 가려니 신발 밑창에 본드가 붙은 것처럼 발걸음이 쉽게 떨어지지 않았다. 도살장에 끌려가는 짐승의 심정이 이런 것일까? 아직 확실한 병명이 나온 것도 아니고 문제가 없을 수도 있는데 벌써부터 비참한 느낌이 몰려왔다.

'내가 미친 걸까?'
'꼭 병원에 가야 하는 걸까?'
'그냥 집에 갈까?'

걸어서 10분 거리에 있는 병원으로 가면서 머릿속에 수천수만 가지 생각이 스쳐 지나갔다. 마침내 도착한 병원. 상상 속 정신과와는 달랐다. 뭔가 흐리멍덩한 눈빛을 하고 있는 환자들로 득실거릴 것 같았는데 '멀쩡해 보이는' 사람들이 앉아 있었다. 성별, 연령대도 다양해 보였다.

처음 왔다고 하니 간호사가 예닐곱 장의 검사지를 줬다. 4지 선다형도 있고 문장 완성 같은 서술형 검사도 있었다. 수능 볼 때보다 더 진지하게 종이를 채웠다.

"김정원 씨, 들어가세요!" 드디어 의사를 만나는 시간. 나와 비슷한 또래로 보이는 남자 의사였다.

"어떻게 오셨나요?" 짧은 질문이었지만 대답은 쉽지 않았다. '어떻게 왔냐고요? 내가 미친 건지 아닌지 알고 싶어서요'라고 말하고 싶었지만 차마 그러지 못했다. 한 번도 본 적 없는 타인 앞에서 내 마음속 내밀하고 깊은 이야기를 한다는 게 꺼림칙했다. 그냥 나가버릴까 하는 생각도 들었다. 하지만 어쩌랴. 여기까지 왔는데.

최근의 내 상황에 대해 이야기를 대충 이어갔다. 15분 가까이 이야기를 하다 갑자기 뭔가 '울컥' 올라왔다. 걱정스러운 눈빛으로 진지하게 내 말에 귀를 기울이는 의사가 너무 고맙게 느껴졌

던 거다. '직업상 어쩔 수 없이 환자에게 집중해야겠지' 하는 생각
도 들었지만 진정성 여부는 상관없었다. 그냥 내 이야기를 온전
히 들어주고 있다는 사실 자체가 감격스러웠다.

검사지와 상담을 통해 의사는 내가 중등도 우울증을 앓고 있
다고 진단했다. 가벼운 우울증을 넘어서 중증으로 가기 전 단계
였다.

정신과
약

"일단 약을 드셔야겠네요. 항우울제와 항불안제 처방해드릴게요."

설마설마했는데 약을 먹어야 한단다. 누가 약 먹는 걸 좋아하랴. 더군다나 '정신과 약'을 반가워할 사람은 없을 거다. 병원을 찾은 첫날, 우울증 진단을 받으면서 속으로 '약은 안 먹고 상담만 받으면 좋겠다'고 생각했다. 하지만 의사는 부드러우면서도 단호하게 약 처방을 내렸다.

"약물 치료를 하면서 상태가 좋아지면 상담을 본격적으로 할 생각입니다. 지금 상태로는 상담이 크게 효과가 없어요."

의사는 하얀 종이에 신체와 심리, 생각의 관계에 대해 그림을 그려가며 한참을 설명했다.

"약… 얼마나 오래 먹어야 할까요?"
"항우울제의 경우 최소 6개월 이상 드셔야 합니다. 항불안제는 상태를 봐가면서 조금씩 줄일 예정이고요."

약을 먹다 상태가 조금 좋아진다고 급격하게 줄이거나 끊으면 재발 가능성이 커진단다. 의사는 약의 효과와 부작용에 대해 설명했다. 아마 같은 이야기를 수백, 수천 번 환자들에게 설명했으리라. 수십 년 동안 한 과목만 가르쳐 교과서를 통째로 다 외운 고등학교 선생님처럼 설명이 막힘없이 줄줄 나왔다.

"항불안제와 달리 항우울제는 당장 효과가 나타나지 않습니다. 최소 2~3주는 지나야 합니다. 그런 다음 목표치까지 조금씩 용량을 늘릴 겁니다."

세로토닌, 수용체, 전두엽, 호르몬, 교감신경 등등 생소한 단어들이 진료실을 핑핑 날아다녔다. 나는 수능 전날, 족집게 강사의 강의를 듣는 대입 삼수생처럼 집중했다. 다 이해가 되는 건 아니었다. 하지만 하나는 확실했다. 1년 가까이 꼬박꼬박 약을 먹어야 한다는 거다.

진료를 마치고 대기실로 나왔다. 잠시 뒤 간호사가 내 이름을 부르며 처방전을 줬다. 처방전을 받아 들고 약국 위치를 물어보려는 순간, 간호사가 말했다. "사진 찍으세요.", "사진요?" 어리둥절해하는 나를 보며 간호사는 처방전 사진을 찍으라고 했다. 스마트폰을 주섬주섬 꺼내 처방전 사진을 찍었다. 처방전을 다시 가지고 간 간호사는 몇 분 뒤 봉투에 약을 가득 담아 내게 건넸다. "약은 아침, 저녁, 자기 전 세 번 드세요. 꼭 식후에 먹어야 하는 건 아니지만 가급적 식사한 뒤 드시고요."

궁금증이 생겼다. '왜 약국에서 약을 타지 않고 병원에서 직접 줄까?' 해답은 처방전에 있었다. F로 시작하는 정신과 코드가 떡하니 버티고 있었다. '약국 가면 내가 정신과 환자인 줄 바로 알겠군.' 정신과 코드가 박힌 처방전을 들고 약국에 가는 불편함을 없애기 위해 병원에서 약 처방을 해주는 것 같았다. 환자를 나름 세

심하게 배려해준 조치인 것 같은데 마음은 영 불편했다. 처방전 사진을 보니 세 글자로 된 약부터 열 글자가 넘는 캡슐도 있었다. 처방전과 약 봉투를 보니 새삼 실감이 났다.

'진짜 정신과 환자가 됐네.'

약을 받고 병원 문을 나서는데 다리가 풀렸다. 병원 복도 벽을 짚고 잠시 숨을 골랐다. 집까지 버스를 타고 갈 힘이 없어 택시를 불렀다. 택시 안에서 약 봉투를 두 손에 꼭 쥔 채 아내에게 전화를 했다.

"여보, 나 우울증이래."

우울증과의 원치 않는 동거가 시작됐다.

진짜 정신과 환자가 됐네.

그녀의
눈물

그녀는 말이 없었다. 우울증 진단 결과를 듣더니 조용히 방으로 들어갔다. 난감했다. 뭐라도 반응이 나올 줄 알았는데, 아무 말 없이 방으로 들어가 버리다니…. 섭섭했다. 외로웠다. 거실에 혼자 남겨진 나는 TV를 켰다. 좀비처럼 앉아 리모컨을 들고 채널 1번부터 600번대까지 차례차례 넘겼다. 화면 속 세상은 나의 불행을 비웃듯 평화로웠다. 연예인들은 맛집을 찾아가고 해외여행을 다니고 반려동물과 시간을 보내고 있었다.

자정쯤 TV를 끄고 나도 방으로 들어갔다. 딸 옆에서 아내가 자고 있었다. 아니, 자는 것처럼 보였다. 내가 눕자마자 아내는 혼자 거실로 나갔다. TV 소리가 들렸다. 잠시 뒤, 훌쩍이는 소리가 났다. 아내가 울고 있었다. '거실로 나가야 되나?' 잠시 고민하다 그냥 누웠다. 딱히 무슨 말을 해야 될지 몰랐다. 괜히 어쭙잖은 말을 건넸다가 상황이 더 나빠질까 봐 겁이 났다. 나중에 들은 거지만 아내는 극단적인 선택까지 생각한 나에게 화가 났다고 했다. 우울증에 걸려서가 아니라.

밤새 운 듯 아내의 눈은 퉁퉁 부어 있었다. 아침을 먹으면서도 내게 단 한 마디도 걸지 않았다. 출근한다고 현관문을 나서는데 잘 다녀오란 말도 없었다. 회사에 언제 우울증 이야기를 해야 하나 하루 종일 고민이 이어졌다. 어차피 일도 안 되고 해서 반차를 내고 일찍 퇴근했다.

딸은 아직 학교에서 돌아오지 않아 아내만 집에 있었다. 갑작스럽게 '우울증 긴급 대책 회의'가 열렸다. 딸에게는 우울증 이야기를 꺼내지 않기로 합의했다. 굳이 알려서 좋을 게 없다는 생각이 들었다. 회의 내내 아내의 눈에는 눈물이 그렁그렁 매달려 있었다. 질문이 소나기처럼 쏟아져 내렸다. 병원은 얼마나 다녀야 하는지, 약은 중독성은 없는지, 회사는 어떻게 할 건지. 질문 공세 끝에 아내가 새로운 제안을 내놨다.

"다른 병원도 한번 가보면 어때? 진단이 틀렸을 수도 있잖아. 설령 우울증이 맞아도 약을 안 먹고 상담으로 치료하는 의사도 있지 않겠어?"

아내는 유난히 약 먹는 것에 강한 거부감을 나타냈다. 나는 일단 치료를 시작한 만큼 의사를 믿어보자고 설득했다.

"지금 병원을 조금 더 다녀보고 문제가 있거나 의사가 마음에 안 들면 그때 가서 다시 생각해보면 안 될까?"

나는 한번 정해놓은 일정을 바꾸는 걸 원체 싫어하는 성격이다. 하지만 다른 의사를 알아보자는 아내의 말에 반대한 이유는 사실 다른 데 있다. 의사를 바꾸게 되면 내 상태를 또 처음부터 하나하나 고백해야 한다. 생판 모르는 또 다른 의사 앞에서 말이다. 그게 너무너무 싫었다. 처음 의사 앞에서 증상에 대해 이야기할 때 완전히 발가벗겨지는 비참한 느낌이었다. 죄지은 것도 아닌데 마치 뭔가 큰 잘못을 저질러 목덜미를 잡힌 채 형사 앞에 질질 끌려온 심정이랄까. 다시 그 경험을 하고 싶지는 않았다.

당분간 이대로 치료를 진행하기로 아내와 '잠정 합의'를 했지만 아내는 마뜩잖은 표정이었다. "일단 알았어. 하지만 조금이라도 이상한 낌새가 있으면 그때는 다른 병원 가는 거야. 증상이 나빠진다든지 약 먹고 뭔가 불편하면 바로바로 나한테 말해야 해. 알겠지?"

사모님의
등장

우울증 긴급 대책 회의 이후 2주 정도 지났을 때 아내가 깜짝
발표를 했다.

"아무래도 내가 그 의사 한번 만나봐야겠어."

"왜?"

"남편 담당 의사인데 내가 한번 봐야지. 일단 봐야 내가 안심
할 수 있을 거 같아."

"어… 그러면 내가 일단 의사하고 이야기해볼게."

난감했다. 뭘 굳이 병원까지 따라오려는 걸까. 사실 아내는 합

의 사항을 어기고 나 몰래 다른 병원에 예약을 걸어놨었다. 주위에 수소문해보니 '용한' 의사가 있다면서 꼭 그 의사를 한번 만나보라고 설득했다. 나는 지난번 합의 사항을 상기시키며 일단 좀 더 지켜보자고 아내를 설득했다. 그러자 아내는 담당 의사를 자기가 직접 만나보겠다는 새로운 제안을 던진 것이다.

"사모님 오라고 하시죠. 치료에 있어 가족들의 도움도 굉장히 중요하거든요. 다음 진료 때 병원에 함께 오세요." 담당 의사는 내 이야기를 듣더니 쿨하게 동의했다.

의사를 만나기 일주일 전. 아내는 고3 수험생처럼 면접 준비로 바빴다. 엄청난 거물을 인터뷰하는 기자처럼 수첩 한가득 질문을 정리했다. 몇몇 질문은 내가 봐도 좀 당황스러워서(주로 부부 관계와 관련된) 빼자고 했다. 아내는 대답 대신 알 듯 모를 듯한 표정을 지었다. 면접 날, 아내 손을 잡고 병원으로 가면서 문득 내가 참 행운아라는 생각이 들었다. 아무리 아내지만 남편 병원을, 그것도 '정신과'를 따라가는 심정이 좋겠는가. 나와 함께 병원에 가면서 아내는 무슨 생각을 했을까?

"생각보다 깔끔하네." 병원에 들어선 아내의 첫마디에 내심 안도감이 들었다. 대기실에 앉아 아내는 병원 구석구석을 꼼꼼하게 살폈다. 마치 범죄 현장에서 작은 단서라도 찾아내려는 형사처럼 아내의 눈은 번뜩였다. 간호사가 내 이름을 불렀고, 사고를 쳐서 학교에 부모님을 모시고 온 심정으로 진료실에 들어갔다. 아내는 긴장했는지 의사 눈을 거의 보지 못했다. 대신 수첩에 눈을 고정한 채 약간 상기된 목소리로 질문지를 읽어갔다.

"왜 항우울제는 용량을 계속 늘리는 건가요?"
"약은 얼마나 오래 먹어야 하나요?"
"남편이 예전보다 멍 때리는 시간이 많아요. 괜찮은 건가요?"
"완치는 될 수 있나요? 치료 기간은 얼마나 걸릴까요?"
"왜 우울증에 걸린 거죠?"

대기업 압박 면접이 연상될 정도로 질문이 쏟아졌다. 사전에 나와 약속했던 질문 외에 19금 질문도 막 던졌다. 의사는 '사모님' 질문에 당황하지 않고 종종 미소를 지어가며 내 상황에 대해, 또 가족들은 어떻게 대처해야 하는지 설명했다. 평소 진료 시간을 훨씬 넘겨가며 상담은 이어졌다. 간호사가 다음 환자가 도착했다고 알리지 않았다면 하루 내내 이야기를 할 분위기였다.

진료를 마치고 집으로 오는 길. 아내가 의미심장한 표정으로 말했다. "그 의사, 뭐… 나름 괜찮더라. 다른 병원 예약한 건 취소할게. 그런데 의사 목소리 톤이 너무 일정해서 약간 졸리더라고. '도레미'의 '미' 정도로 계속 이야기하더라. 정신과 의사는 다 그런가?"

그날 이후 담당 의사는 '미미 선생'이란 별명을 얻었다.

미미
선생

"사모님은 뭐라고 하세요?"

미미 선생이 옅은 미소를 띠며 물었다. 지난번 진료 때 아내의 등장에도 당황하지 않고 특유의 나지막한 목소리로 상담을 이어 갔던 미미 선생이다. 너무 낮지도 않고 그렇다고 호들갑스럽지도 않은 음성의 소유자다. 정신과 의사 목소리에 국가 표준 같은 게 있다면 미미 선생이 제격이겠다 싶었다.

의학 드라마에서 흔히 보는 의사와 달리 정신과에서는 의사 목소리가 꽤 큰 비중을 차지하는 것 같다. 수술실에서 근엄한 표정으로 메스를 외치며 수술하는 의사는 목소리보다 '손 기술'과 '담력'이 결과를 좌우한다. 갑자기 피가 튀고 혈압이 떨어지고 심장 박동이 느려지는 응급 상황에서도 침착하게 수술을 이어나가고 결국 생명을 살려낸다. 반면 정신과 의사의 메스는 목소리다. 물론 약물 치료도 병행하지만 환자와의 대화, 즉 주고받는 음성을 통해 환자의 이야기에 공감하고 상담을 이어간다. 남들의 가시 돋친 말에 상처받은 영혼을 말로 어루만져 주는 것이다.

물론 목소리가 매력적이라야 좋은 정신과 의사가 되는 건 아닐 거다. 목소리 때문에 주치의를 정한 것도 아니었다. 처음 정신과를 가야겠다고 마음먹고 병원을 찾기 시작했을 때 사실 굉장히 혼란스러웠다. 인터넷에서 찾을 수 있는 많은 병원 가운데 어디로 가야 할지 난감했다. 그래서 나만의 기준을 하나 만들었다.

첫 번째 기준은 성별이었다. 남자 의사를 만나고 싶었다. 성차별이 아니다. 여자들이 여자 산부인과 의사를 선호하는 것과 같은 맥락이다. 너무 젊은 의사도 꺼려졌다. 내가 40대 중반이니 비슷한 연배거나 나이가 더 많으면 좋겠다는 생각을 했다. 내 나이 또래 의사가 아무래도 나를 더 잘 이해해줄 수 있을 것 같아서다.

매스컴을 너무 자주 타는 의사나 이름만 대면 알 만한 유명한 의사는 후보에서 뺐다. 방송에 얼굴을 자주 내미는 의사나 변호사를 볼 때마다 도대체 언제 환자를 보고 의뢰인을 만날까 하는 의문이 항상 들었기 때문이다. 물론 바쁜 시간을 쪼개가며 여러 활동을 병행하고 있겠지만 마음의 병을 치료하는 정신과 의사는 오롯이 나만 바라봐 주면 좋겠다는 욕심이 생겼다. 병원 홈페이지나 블로그에 들어가 의사의 약력을 살펴보니 대충 감이 왔다.

근접성도 중요한 기준 가운데 하나였다. 집이나 직장에서 가까운 곳에 있는 병원을 주로 찾아봤다. 안 그래도 병원 가기가 꺼려지는데 멀기까지 하면 더 안 가고 싶을 것 같았다.

우울증
첩보원

길을 나선다. 일부러 사람이 많은 광장을 가로지른다. 발걸음을 빠르게 했다. 느리게 했다 속도를 조절한다. '꼬리'가 따라붙은 건 아닌지 주위를 끊임없이 살핀다. 목적지 도착 3분 전. 갑자기 길을 바꿔 이리저리 다른 빌딩을 헤매다 쏜살같이 병원 건물로 들어선다. 의사와의 접선은 오늘도 성공이다.

병원에 갈 때마다 작전이 펼쳐진다. 마치 007시리즈의 제임스 본드가 된 심정이다. 일반 회사로 위장한 비밀 정보 기관을 찾아가는 첩보원처럼 말이다. 이 작전의 목표는 단 하나. 아무에게도 들키지 않고 정신과로 무사히 침투하는 거다.

'병원 가는 길에 아는 사람 만나면 어떡하지?'

늘 불안감이 스멀스멀 올라온다. 부끄러워할 일이 전혀 아니란 걸 안다. 하지만 딱히 내놓고 자랑할 만한 일도 아니다. 뭐 눈에는 뭐만 보인다고, 우울증 치료를 받기 시작하면서 '정신건강의학과' 간판이 눈에 제일 먼저 들어온다. 관찰 결과 재미있는 점을 하나 발견했다. 정신과는 주로 여러 업종이 입점된 건물에 있다는 거다.

물어보진 않았지만 환자들을 위한 일종의 배려일 거라는 생각이 든다. 다른 업종과 섞여 있어야 정신과에 간다는 사실을 감출 수 있을 테니까. 내가 다니는 병원도 마찬가지다. 같은 건물 안에 식당과 학원이 있다. 어느 날, 1층에서 엘리베이터를 기다리다가 깨달음을 하나 얻었다. '아는 사람을 만나도 식당이나 학원 가는 길이라고 대충 둘러댈 수 있겠군.' 남다른 배려에 고마운 마음이 들다가도 뒷맛이 씁쓸한 때가 많았다.

인터넷에서도 정신과 관련된 많은 정보는 감춰져 있다. 어떤 병원인지, 의사는 괜찮은지 알고 싶어 후기를 찾아봤지만 깨끗했다. 국민건강보험공단에 따르면, 2017년 기준으로 우울증 때문에 병원을 찾은 건강보험 진료 환자는 68만여 명이다. 서울시 강남구 인구인 약 55만 명보다 많은 사람이 우울증으로 정신과를 방문했다는 이야기다. 또한 한국인이 많이 걸리는 '5대 암' 진료 환자 수 64만여 명을 웃도는 수치다. 하지만 아무도 정신과를 찾지 않는 것처럼 인터넷 공간은 깨끗했다. 병원 공식 블로그에선 진료 시간과 의사 약력 등 무미건조한 정보만 나열하고 있었다. 그렇다고 회사 동료들에게 알짜 금융 상품을 추천받듯 괜찮은 정신과를 물어볼 수도 없는 노릇이니 답답했다.

추천 후기 말고도 정신과에는 없는 게 많다. 그중 하나가 바로 주사실이다. 중증 환자가 입원해 있는 폐쇄 병동은 어떤지 모르겠으나 일반 정신과의 경우 긴급히 환자에게 주사를 놔야 하는 상황은 없어서 그런 것 같다. 해마다 독감 철이 돌아오면 예방접종을 하듯 우울증 예방주사가 있는 것도 아닐 테니 주사실이 없는 것도 이해가 된다.(그런 주사가 발명되면 노벨 생리의학상을 받지 않을까?)

다른 병원과 비교해 정신과 내부는 굉장히 단출하다. 진료실 하나, 대기실 소파 몇 개, 그리고 접수 데스크. 엑스레이도 안 찍으니 방사선실도 없고 어디 부러져서 온 것도 아니니 수술실이나 물리치료실도 존재하지 않는다. 진료실에 들어가면 그 흔한 청진기도 안 보인다. 약 타러 약국에 갈 필요도 없다.(내가 다니는 병원은 간호사가 직접 약까지 챙겨준다.)

또 병원 가는 날이 다가온다. 성공적인 접선을 위해 코드명 F321 첩보원은 벌써부터 작전을 짜기 시작한다. 아, 고달픈 첩보원 생활은 언제쯤 끝날까?

병원 가는 길에 아는 사람 만나면 어떡하지?

일반으로
하시나요?

"일반으로 하시나요?"

정신과를 처음 방문했을 때 받았던 질문 가운데 하나다. '일반? 일반이 뭐지? 특수한 환자가 아닌 일반적인 환자라는 건가?' 중국집에서 짜장면을 보통으로 할지 곱빼기로 할지 물어보는 경우는 있지만 '일반'은 도대체 뭘까?

한마디로 건강보험 적용을 받을지 안 받을지 물어보는 거다. 정신과에서 일반의 반대말은 '보험'이다. 일반으로 하면 건강보험 적용을 안 받고 순전히 치료비 전액을 내가 부담하는 거고, 보험으로 하면 치료비 중 일부를 건강보험공단에서 내주는 거다.

물론 내 월급 통장에서 매달 꼬박꼬박 나가는 건강보험료로 보험공단이 운영되는 거니 결국은 그 돈이 그 돈이지만.

　정신과가 아닌 '일반 병원'에서 '일반' 질문을 받아본 적은 없다. 일반 병원에서는 환자 대부분이 건강보험 적용을 원하기 때문에 군이 물어보지 않는다. 직장 가입자든 지역 가입자든 건강보험료로 매달 적잖은 돈을 내고 있는데 아플 때 그 혜택을 봐야 하지 않겠나. 그런데 정신과에서는 일반 질문을 꼭 한다. 그만큼 보험 적용을 꺼리는 사람이 많다는 방증이리라.

　나도 처음 정신과에 갔을 때 일반으로 하고 싶었다. 인터넷을 뒤져보니 보험으로 하면 내 치료 기록이 보험공단으로 가게 되고, 기록이 남는다고 했다. 죄지은 건 아니지만 이런 기록은 별로 남기고 싶지 않아서 많이들 일반으로 한다고 했다. 간호사 질문이 이어진다.

　"일반으로 하시면 금액이 좀 나오는데….."
　"일반과 보험은 진료비 차이가 큰가요?"
　"환자마다 조금씩 다르긴 한데요, 대체로 일반은 한 번 병원 방문에 5만 원 정도 하고 보험은 그 절반 정도로 생각하시면 돼요."

"그럼… 보험으로 할게요."

기록을 남기는 게 찝찝하기는 했지만 돈도 생각해야 했다. 앞으로 최소 반년은 치료를 받아야 할 텐데 한 번 갈 때마다 5~6만 원씩 내야 한다면 경제적 부담이 만만찮을 것 같았다.

내가 우울증 치료를 받는다는 사실이 회사에 알려지면서 몇몇 친한 동료들은 이런저런 질문을 했다. 가장 많이 받은 질문은 바로 치료비와 기록이었다. 특히 의료 기록에 관해 민감한 반응을 보였다.

사실 의료 기록은 특히 정신과 관련 기록은 환자 동의 없이 다른 사람이 함부로 볼 수 없다. 그럼에도 여전히 건강보험을 적용해 정신과 치료를 받으면 뭔가 불이익을 받을 것 같은, 혹은 실제 불이익을 봤다는 이야기들이 인터넷에 떠돈다. 정신과 치료 이력 때문에 취업 문턱에서 미끄러지고 민간 보험 가입도 거절됐다는 체험기를 심심찮게 접할 수 있다. 명백한 불법임에도 지원자에게 정신과 치료를 받은 적이 있는지 물어보거나 민간 보험사들끼리 정신과 기록을 공유하는 경우도 종종 있다는 소문을 들었다.(소문이길 바란다.) 상황이 이렇다 보니 사람들은 마음이 아파도 정신과를 찾지 않고, 병원에 가더라도 비싼 일반 치료를 선택하곤 한다.

　정신과 방문을 꺼리는 사람들에게 내가 항상 하는 이야기가 있다. 일단 병원에 가보라고. 의료 기록이 남는 게 정 싫으면 병원에 가서 일반으로 검사라도 받아보라고. 내 마음의 상태가 어떤지 꼭 한번 확인하라고. 그런 다음 만약 우울증이나 다른 병명으로 치료를 장기적으로 받아야 한다면 그때 가서 보험 적용을 받을지 말지 고민해도 괜찮다고. 기록을 남길지 말지 고민하는 것보다 더 중요한 건 바로 내 마음, 내 건강을 챙기는 거다. 일단 내가 살고 봐야 하지 않겠나. 취직을 하더라도 또는 민간 보험에 가입되더라도 마음의 병으로 평생 괴로워하면서 사는 게 도대체 어떤 의미가 있겠는가.

성욕 감소 vs 성욕 증가

성욕 감소, 성욕 증가, 불면증, 신경과민 등의 부작용이 나타날 수 있다.

드물게 호흡곤란이나 혼수상태가 초래될 수 있다.

이 약으로 치료받는 환자는 자살 경향에 대해 주의 깊게 관찰되어야 한다.

인터넷에 떠 있는 정신과 약의 부작용들이다. 약물 치료 첫날, 의사에게 약의 효과와 부작용에 대해 이야기를 들었지만 병원을 나오자마자 인터넷을 뒤졌다. 처방전에 있는 약 이름을 넣었더니 어지러울 정도로 많은 정보가 떴다.

'성욕 감소와 성욕 증가… 같은 약인데 완전히 상반된 반응을 일으킬 수 있는 거야?' 부작용에 대한 글을 읽으며 의문은 풀리지 않고 오히려 물음표만 더 생겨났다. 약학정보원이나 병원 홈페이지처럼 신뢰할 수 있는 곳에서 제공하는 약품 정보는 그나마 괜찮은데 개인 블로그나 인터넷 카페에 떠 있는 글들은 거의 '카더라' 수준이다.

"내가 먹어보니 이런저런 부작용이 있더라" 혹은 "친구가 우울증 약을 먹는데 부작용 때문에 너무 힘들어한다" 등등 검증하기 어려운 정보들이 난무하고 있었다. 나도 내가 겪은 약물 치료의 효과와 부작용에 대해 이 책에 일부 썼지만 그건 순전히 나에게만 해당되는 문제다. 그냥 참고만 하라는 거다. 인터넷에 올라와 있는 정보들이 모두 거짓은 아닐 것이다. 하지만 약물 치료의 효과와 부작용은 개인차가 크기에 인터넷 정보에 너무 의존하는 건 위험하다.

그렇다면 어떻게 해야 하나? 결국 의사에게 '까놓고' 물어보는 것이 제일 낫다는 게 내 생각이다. 약을 먹으면 성욕이 감소하는지 증가하는지(정말 궁금했는데 결국 못 물어봤다), 진짜 자살 경향을 보일 수 있는지 궁금증을 해소해야 한다. 그렇지 않으면 약을 먹을 때마다 인터넷에서 봤던 부작용들이 떠올라 약 먹기가 무서워질 수도 있다.

공자님 말씀처럼 들리겠지만 나를 치료하는 의사를 믿어야 한다. 사실 담당 의사를 믿고 치료받는 것 말고 다른 뾰족한 대안은 없다. 혼자서 인터넷을 뒤지며 끙끙 앓아봤자 머리만 더 아플 뿐이다. 물론 약을 먹고 느끼는 불편한 점들은 의사에게 이야기하고 약물 치료에 대한 나의 솔직한 생각도 말해야 한다. 의사와 환자가 약물 치료에 대한 합의나 동의를 하고 진행하면 효과가 훨씬 더 좋을 것 같다. 그러라고 병원이 있고 의사가 있는 것 아니겠나. 만약 환자의 이런 질문을 귀찮아하거나 대충 설명하는 의사가 있다면(없다고 믿고 싶지만) 그냥 다른 병원을 알아보는 게 나을 거다.

약물 부작용에 대한 편견도 깨트릴 필요가 있다. 약물 치료 초기, 졸리고 평소보다 멍해지는 경우가 종종 있었다. 의사가 미리 설명해준 부작용이었지만 걱정이 됐다. 의사에게 고민을 털어놨다.

"부작용이 심해지면 어떡하나요. 이러다 혹시 '바보'가 되는 건 아닐까요?"

"부작용이 나타난다는 건 약이 효과가 있다는 뜻입니다. 아무 효과도 없다면 부작용도 없겠죠. 혹시라도 부작용이 심하면 약을 바꾸든지 다른 방법을 쓰면 되고요."

부작용을 항상 나쁘게만 생각하던 나는, 의사에게 '한 방' 먹은 기분이 들었다. '부작용이 두려워 약을 안 쓴다면 아무 일도 일어나지 않겠지.'

오늘도 살짝 졸린다. 약의 부작용에 감사하며 고민 없이 잠을 청했다.

커밍아웃

"한강 다리를 건너는데 갑자기 이런 생각이 드는 거예요. 확 뛰어내리면 지금의 내 아픔과 걱정이 다 사라지겠구나. 난간에 발 한쪽을 올리고 아래 강물을 쳐다봤어요. 그때 갑자기 친척 형 전화가 울렸어요. 그 전화 없었다면 저는 이 세상 사람이 아닐지도 몰라요."

몇 년 만에 만난 학교 후배의 커다란 눈에 물방울이 차오른다. 평소 명랑하고 씩씩하기로 소문난 녀석이었는데 이런 아픔이 있었다니 코끝이 찡해왔다. 내 상태를 털어놨더니 쭈뼛쭈뼛하면서 자기 이야기를 꺼낸 것이다. 연탄불 위에 놓인 돼지갈비를 뒤집으며 질문이 이어진다.

"그런데 형, 심리 상담소와 정신과는 무슨 차이가 있어요?"

"상담소는 한 번 상담에 10~20만 원 부르는 곳도 있던데 정신과도 그렇게 비싸요?"

"형은 왜 정신과를 가기로 마음먹었어요?"

"약 먹으면 효과는 있어요? 중독 안 돼요?"

"저도 정신과 가야 할까요?"

후배는 말문 트인 아이처럼 정신과와 관련된 궁금증을 쏟아 냈다.

"야, 내가 무슨 정신과 의사야? 난 그냥 환자야. 약은 약사에게 진료는 의사에게. 몰라?" 후배에게 핀잔을 주면서도 나는 내 경험을 바탕으로 어느새 '썰'을 풀고 있었다. 우울증 치료를 받기 시작한 이후 친한 사람 몇 명에게 '커밍아웃'을 했다. 좋은 일도 아니라서 조용히 있고 싶었지만 진짜 내 사람들에게는 상황을 설명하고, 응원과 지지를 받고 싶었다. 그런데 꽤 많은 사람들이 비슷한 아픔을 겪고 있었다. 내가 털어놓자 자기들도 속마음을 열어 놓은 것이다. 하지만 나처럼 병원을 찾아간 사람은 열에 한 명도 안 됐다. 혼자 고통과 아픔을 꾹꾹 삼키고 있다가 내 이야기를 듣자 의사를 만난 것처럼 자신들의 문제를 끄집어냈다. 몇몇 회사 후배들도 우울증 극복에 도움이 되는 방법이나 책에 대해 물어봤다. 커밍아웃 이후 본의 아니게 나는 '야매 상담사'가 돼 있었다. 물론 상담료는 공짜.(가끔 밥을 얻어먹기는 했다.)

상담 이후 놀라운 일들이 일어났다. 나는 '정신과 선배'로서 상대방 이야기를 그냥 들어주기만 했는데 그들은 한결 편해진 느낌을 받았다고 했다.

"사실 이런 이야기 다른 사람한테 털어놓기 힘들잖아. 그런데 선배는 지금 그 문제를 겪고 있으니까 말하기가 훨씬 편하더라고. 뭐랄까, 같은 편이라는 느낌도 들고 비밀 보장도 될 것 같고."

나에게 상담을 받은 고객들이 입소문을 내는 바람에 후배의 친구의 친구까지 연락을 해오는 경우도 있었다. 나를 믿고 자기 아품을 털어놓는 그들이 고마우면서도 한편으로는 우울증 환자에게 우울증 상담을 해야 하는 한국의 현실이 너무 답답했다. 훌륭한 교육을 받은 그 수많은 정신과 의사들을 제쳐놓고 말이다.

아매 상담사 데뷔 이후 새로운 버릇이 하나 생겼다. 주변에 비슷한 고민을 안고 있을 법한 사람들에게 접근하기 시작한 거다. 뜬금없이 커피도 한 잔 사주고 잘 지내냐고 안부도 물어보고 도움이 될 만한 책도 가끔 건넨다. 이렇게 낚싯대를 던지면 언젠가는 입질이 오겠지. 역시나. 며칠 뒤 딩동 소리와 함께 카톡 하나가 날아왔다.

"형, 혹시 지금 통화돼요? 뭐 좀 물어볼 게 있어서…."

아매 상담 시간이 됐나 보다. 아픈 사람 마음은 아픈 사람이 제일 잘 아니까.

02

우울증이
‘왔다,

가만히 있으라,
제발

"멀쩡해 보이네. 얼굴 좋은데."

오랜만에 만난 직장 동료가 내뱉은 첫마디다. 나의 왼 주먹은 허공을 날아 그의 오른쪽 뺨을 사정없이 가격한다. 휘청거리는 틈을 놓치지 않고 바로 오른쪽 '어퍼컷'으로 턱을 후려갈긴다. 상대방은 대자로 나가떨어진다. 완벽한 KO승! 나는 쿨하게 한마디 던지며 링을 떠난다. "도대체 그걸 위로라고 하는 거냐!" 말 같지도 않은 위로를 들을 때마다 내가 늘 꿈꾸는(한 번도 실현된 적은 없는) 장면이다.

"나도 우울해."

"괜찮아, 요즘 안 우울한 사람 없어."

"다 의지가 약해서 그런 거야. 마음을 강하게 먹어."

"의사가 돌팔이 아냐? 얼굴 좋아 보이는데 우울증이라니. 잘못 진단한 거 같은데."

격려랍시고 사람들이 하는 말이다. 이럴 때마다 한 방 먹이고 싶은 복싱 본능이 용솟음친다. 하지만 현실에선 어색한 미소만 짓다 대화가 끝난다. 가슴에 수십 개의 위로와 격려의 칼이 꽂힌 채로 말이다.

왜 저렇게밖에 이야기를 못 하는 건지 궁금했다. 내 나름의 가설을 세워봤다. 첫째, 상대방의 우울증 소식에 무슨 말을 해야 할지 몰라서 아무 말이나 하고 본다. 다음으로는 자신이 상대를 많이 괴롭히는 바람에 우울증 원인 제공자 가운데 한 명으로 지목될까 봐 미리 방어막을 친다. 도둑이 제 발 저리는 격이다.

한국 사람들은 칭찬하는 것도 칭찬받는 것도 어색해한다. 남을 위로하거나 위로받는 건 더 익숙하지 않다. 뭔가 상대방에게 말은 해줘야겠는데 적당한 단어는 생각이 안 나고 결국 '아무 말 대

잔치'가 벌어진다. 하지만 무심코 던진 작은 돌 하나에 개구리는 맞아 죽는다.

방어막을 치는 건 조금 더 괘씸한 경우다. 어느 날, 회사 동료 한 명이 커피나 한잔하자면서 나를 카페로 불러냈다. 의례적인 안부가 오고 간 뒤 그는 본심을 드러냈다.

"혹시… 나 때문에 우울증 걸린 거라고 생각해?"

우울증과 관련된 이야기를 꺼낼 거라고 짐작은 하고 있었다. 하지만 설마, 진짜, 저렇게 물어볼 거라고는 전혀 예상하지 못했다. '제발 아니라고 해줘'라는 SOS를 보내는 듯 나를 처다보는 그의 눈은 계속 깜빡거렸다.

'당연하지, 인마. 너도 우울증 원인 제공자 Top 3에 들어가.'

이 말이 목구멍까지 차올랐지만 입술을 굳게 다문 채 꾹 눌렀다. 대신 픽 헛웃음이 나왔다. 그러자 상대방은 내 웃음을 무죄판결로 생각했는지 굳었던 표정을 풀었다.

"맞지? 나 아니지? 괜히 쫄았네. 몸 관리 잘하고. 담에 또 보자."

괜히 웃어줬다. 내가 후회하고 있는 사이 그는 자신의 최후진술을 끝내고 휙 나가버렸다. 멀어지는 뒷모습을 보며 온갖 종류의 부정적인 감정이 넝쿨처럼 뒤엉켜 올라왔다.

차라리 그냥 있지.
아무 말도 하지 말지.
제발 부탁이다. 가만히 있으라, 제발.

1밀리그램의
기적

유리컵에 물을 가득 따랐다. 자기 전 먹는 약봉지를 뜯었다. '정신과 약'을 먹는 시간이 돌아온 거다. 흰색, 오렌지색, 핑크 등 형형색색의 알약들이 들어 있었다. 갸름한 놈, 동그란 놈, 반쪽으로 잘린 놈 모양도 다양했다. "색깔 한번 화려하네." 물과 함께 약들을 목구멍 속으로 밀어 넣었다. '빨리 낫게 해주세요.' 소리 없는 간절한 기도를 올렸다. 침대에 누워 이불을 끌어 덮고 잠이 오길 기다렸다.

눈을 떴다. 아침 8시. '어라, 한 번도 안 깨고 잤네.' 밤 10시에 누웠으니 열 시간 정도 잔 셈이다. 머리는 맑았고 기분은 상쾌했다. 찌뿌둥한 느낌도 없었다. 신기했다. 거의 반년 만에 제대로 잔

기분이다. 하룻밤 푹 잤을 뿐인데 몸이 정말 가벼웠다.

며칠 뒤 병원을 다시 찾았다. 여전히 목소리 음정의 변화가 없는 미미 선생이 물었다.

"어떠셨어요?"

"정말 몇 달 만에 푹 잤어요."

"졸리거나 입술이 마른다거나 하는 증상은 없었어요?"

"조금 졸리긴 했는데 별다른 이상은 못 느꼈어요. 약이 잘 받나 봐요."

"그나마 병원에 빨리 오셔서 효과가 좋은 겁니다. 지금 드시는 약의 두세 배를 먹어도 못 자는 분들이 허다해요."

의사는 약을 먹어서 잠이 잘 온다고 생각하면 의존이 심해진다면서 약과 함께 나의 의지도 중요하다고 강조했다. 낫겠다는 생각과 약물 치료가 연합 전선을 이뤄야 우울증과의 전투에서 이길 수 있다는 이야기다. 맞는 말인 것 같았다.

하지만 약을 먹기 시작하면서 상태가 좋아지자 약이 너무 소중하게 느껴졌다. 활동 반경 10센티미터 안에 늘 약봉지가 보여야 안심이 됐다. 외출할 때면 딸은 안 챙기더라도 약은 가방에 들어 있는지 꼭 확인했다. 약봉지가 물에 젖을까 봐 휴대용 투명 플라스틱 케이스까지 구입했다. 용량에 따라 일일이 한 알, 한 알 세어 가며 케이스에 고이 모셨다.

약 한 알 크기라고 해봐야 새끼손톱 사분의 일에 불과하다. 무게로 따지면 1밀리그램 정도. 하지만 우울증과의 전투를 치르는 나에게는 최신 전투기보다 크고, 무겁고, 중요한 존재다. 오늘도 집을 나서기 전 무기들을 장전하며 전투 의지를 불태운다.

그날이
오면

진료실에서 30대 초반으로 보이는 남성이 나왔다. 가끔씩 대기실에서 마주치던 얼굴이다. 뭐가 그리 좋은지 살짝 빨개진 얼굴에 미소까지 번진다. 누가 보면 로또 1등 맞은 모습이다. 늘 로봇처럼 표정 변화가 별로 없는 간호사가 묻는다.

"000님, 다음 예약은 언제로 잡아드릴까요?"

"아… 그러실 필요 없어요. 오늘 마지막 날이거든요. 치료 끝났어요."

"어머, 정말요? 진짜진짜 축하드려요!"

'로봇' 간호사는 연신 물개 박수를 치며 기뻐했다. 이 병원에

다닌 지 두 달이 넘었지만 간호사의 저런 표정은 처음 본다. 간호사의 환송을 받으며 남자는 병원 문을 총총 나섰다. 약도 안 받고, 다음 진료 예약도 안 잡고 말이다. "그동안 고마웠어요." 이 말 한 마디만 간호사에게 남기고 뒤도 안 돌아보고 떠났다.

나는 한참 동안 그가 사라진 병원 문을 멍하니 쳐다봤다. "치료 끝났어요~요~요~." 에코 빵빵한 노래방 마이크처럼 그의 마지막 말이 내 머릿속을 계속 때렸다. 대기실에 있던 다른 환자는 출입문을 물끄러미 바라보다가 나지막이 혼잣말을 했다. "좋겠다."

"야, 신병. 너 제대하려면 며칠이나 남았냐?"

"700일 정도 남은 것 같습니다."

"그날이 올 거 같지? 안 와. 절대 안 와. 나 같으면 당장 탈영하겠다."

제대를 하루 앞둔 말년 병장이 이등병인 나를 놀려먹던 20여 년 전 일이 문득 떠올랐다. 세상 부러울 것 없어 보이던 병장과 병원 문을 나선 그 남자의 이미지가 하나로 합쳐졌다. "그날이 올

거 같지?" 또다시 메아리가 들리는 듯했다. 치료가 오늘 끝난다면, 우울증이 오늘 완치된다면, 다시는 병원에 안 와도 된다면 군대를 또 갈 수도 있을 것 같았다.(정말이다!)

그날이 오면, 그날이 오면 "그동안 고마웠어요" 말고 어떤 멋진 멘트를 남길까 잠시 즐거운 상상에 빠졌다.

"김정원 님!" 갑자기 로봇 간호사가 내 이름을 부르는 통에 정신이 번쩍 들었다.

"다음 예약 날짜, 언제로 잡아드릴까요?"

아, 정말 그날이 올까?

그녀의
3단고음

방문을 조심스레 닫았다. 의자에 앉아 가방 한구석에 은밀하게 넣어둔 투명 플라스틱 케이스를 꺼냈다. 아침 약 네 알이 들어 있다. 혹시라도 누가 볼까 싶어 급히 약을 삼키려는 순간, 방문이 덜컥 열렸다.

"문 닫고 뭐 하는 거야? 나와서 약 먹어!"

아이유 뺨치는 아내의 3단 고음이 온 집 안을 울렸다. 결혼한 지 얼마 안 돼 부부 싸움할 때나 가끔씩 들었던 그 목소리다. 화들짝 놀란 나머지 컵에 있던 물을 그만 쏟고 말았다. 축축해진 바닥을 걸레로 주섬주섬 닦으며 엉거주춤한 자세로 거실로 나왔다.

"아빠, 무슨 약 먹는 거야?"
"응… 피부과 약이야. 아빠가 무좀이 좀 심하잖아. 연고도 바르고 약도 같이 먹으면 빨리 낫는다고 해서."

사정을 모르는 딸에게는 피부과 약이라고 둘러댔다. 아내의 감시하에 컵에 물을 다시 따르고 약을 먹었다. 대역 죄인 심정이었다. 내가 잘못해서 병에 걸린 것 같아 미안했고 언제 나을지 몰라서 또 미안했다. 치료 초기, 두 달 정도 집에서 쉬고 있을 때는 돈벌이를 못 하는 가장이라는 자책감으로 또 괴로웠다. 미안한 마음에 자꾸만 아무도 안 보는 데서 약을 먹기 시작한 것이다.

"아픈 게 죄는 아니잖아. 뒤에서 약 먹지 마. 앞에서 당당하게 먹어. 알겠지?"

아까와는 180도 달라진 아내의 부드러운 목소리. 사람 마음을 들었다 놨다 한다. 3단 고음 사건 이후 회사에서도 좀 더 자신감을 갖게 됐다. 그동안 사무실 이쪽저쪽 구석에 있는 정수기를 찾아 한참을 걸어가서 약을 먹었다. 하지만 그날 이후 '정수기 순례'를 끝냈다. 서랍 깊숙한 곳에서 민트 향 나는 칫솔과 동거하던 약봉투도 지상 세계로 불러냈다. 출근하자마자 정신건강의학과가 적힌 봉투를 책상 위에 떡하니 올려놨다. 봉지를 뜯고, 컵에 물을 따르고, 약을 털어 넣었다. 이게 뭐라고 울컥했다.

두 장수
'항우'와 '항불'

항우와 항불. 내 우울증 치료의 긴 여정에 늘 함께하는 두 친구들이다. 삼국지에 나오는, 진나라를 멸망시킨 그 항우는 아니다. '항우'는 항우울제, '항불'은 항불안제의 줄임말이다.(내 마음대로 그냥 줄여서 부르고 있다. 항우와 항불이라고 부르면 뭐랄까 든든한 장수두 명이 옆에서 보좌해주는 느낌이 든다.)

항우울제抗憂鬱劑와 항불안제抗不安劑는 글자 그대로 우울과 불안에 대항하는 약이다. 나는 약의 효과나 부작용에 대한 전문적인 정보를 전달할 능력은 없다. 약에 대한 지식은 의사나 약사 같은 전문가에게 물어봐야 한다. 다만 환자의 입장에서 우울증 치료제에 대한 경험을 나누고 싶을 뿐이다.

우울증 치료를 받기 전에는 이런 약물이 있는지도 몰랐다. 그냥 뭉뚱그려서 우울증 약으로만 알고 있었다. 우울증 약은 크게 항우울제와 항불안제로 나뉜다. 이 두 단어를 인터넷에서 검색해보라. 영어와 한자로 범벅이 된 아주 긴 설명을 마주하게 된다. 도대체 무슨 말인지 이해가 안 되는 표현도 종종 등장한다. 전문적인 설명은 의사에게 맡기고 나는 그냥 내가 이해한 대로 설명해보겠다.

항우울제는 기본적으로 호르몬 조절에 관여한다. 세로토닌, 노르에피네프린, 도파민 등 발음하기도 힘든 호르몬들이 대상이다. 세로토닌은 흔히 행복 호르몬으로 불리고 다른 호르몬들도 우리 감정 상태를 긍정적으로 만드는 역할을 한다. 현대 의학에서는 여러 이유로 뇌에서 이런 호르몬들이 적어지는 바람에 우울증이 발생한다고 보고 있다. 결국 우울증을 치료하기 위해선 호르몬 불균형을 원래 상태로 돌려놔야 한다.

항우울제는 이런 호르몬들이 우리 뇌에 머무르는 시간을 늘리는 역할을 수행한다. 하지만 먹는 즉시 효과를 볼 수 있는 건 아니다. 최소 2주 이상 지나야 효과가 조금씩 나타난다. 게다가 최대 효과를 보려면 일정 용량 이상의 약이 필요한데 처음엔 환자의 상태를 고려해 가장 적은 용량으로 시작한다. 예를 들어 최대 효과가 나타나는 용량이 알약 세 개라면 첫 주에 하나를 주고 그다음 주에 또 하나, 셋째 주에 하나 더 추가하는 식이다.

문제는 약 용량을 늘려가는 게 환자 입장에서는 썩 유쾌한 일이 아니라는 것이다. 일반적으로 먹는 약이 많아진다는 걸 그만큼 아프다는 뜻으로 받아들이기 때문이다. 의사가 약이 추가되는 이유에 대해 설명을 하지만 약이 하나씩 늘어날 때마다 '내 상태가 더 안 좋아지는 건가?'라는 불안감이 계속 생긴다. 하지만 의사 입장에서는 한 번에 약을 확 쓰기가 어려울 것이다. 약 용량을 높이는 과정에서 환자가 부작용을 호소할 수 있고 그렇게 되면 조금 더 시간을 두고 약을 추가하든지 아니면 아예 다른 약으로 바꿀지도 고려해야 하기 때문이다.

항우울제와 달리 항불안제는 효과가 빠르다. 먹고 나서 한 시간 안에 약효가 나타나기도 한다. 종류도 많은데 여기서 일일이 열거하는 건 별 의미가 없는 것 같다. 사람마다 처방받는 약이 다른 데다가 종류별로 효과와 부작용을 거론하는 건 역시 내 능력

밖이다. 나는 불안감을 낮춰줄 수 있는 약물을 주로 처방받았고 잠을 잘 자게 도와주는 약도 먹었다. 효과는 좋았다. 물론 평소보다 약간 멍해지거나 졸리는 등의 부작용도 있었다. 하지만 일상생활에 크게 영향을 줄 정도는 아니었다.

일부 항불안제는 의존성이 있다. 이 때문에 약물 치료를 시작한 지 어느 정도 시간이 흐른 뒤 의사는 항불안제를 조금씩 줄여나간다. 약 용량을 늘릴 때보다 줄일 때 의사는 더 '보수적'이 된다. 약을 늘릴 때는 1주 간격이었다면 줄일 때는 2주 간격을 두는 식으로 말이다. 아주 서서히 약을 줄인다. 그래야 금단증상에 따른 부작용을 줄일 수 있다. 의사의 지시에 따라 약을 줄이면 큰 문제는 없다.

퇴출
작전

"자기 전에 먹는 약 한번 줄여보실래요?"

치료를 시작한 지 6주 정도 지났을 즈음, 잠자는 데 큰 문제가 없자 의사는 항불안제를 조금 줄여보자고 제안했다. 의사는 자기 전 먹는 약 가운데 한 알을 반쪽만 먹어보라고 했다. 새끼손톱 사분의 일 크기에 불과한 약을 반으로 쪼개라니, 잘 안 될 것 같았다.

"반으로 자르기 힘들 것 같은데 아예 빼버리면 안 되나요?"
"그러실래요? 한번 해보죠. 만약 잠이 너무 안 오면 다시 약을 추가하든지 다른 방법을 쓰면 되니까요."

고작 조그만 약 하나 줄이는 것뿐인데도 수능 전국 1등 먹은
학생이 된 것처럼 기뻤다. 고속 승진이라도 한 듯 집에 와서 아내
에게 간만에 '큰소리'를 쳤다. "의사가 이제 약 줄여도 된대."

잘 시간이 되자 방에 있는 약 봉투를 들췄다. 지난번 진료 때
받은 약이 아직 남아 있었다. 잘 때 먹는 약봉지를 뜯어 손바닥에
올려놨다. 흰색 알약 둘, 갸름한 캡슐 하나, 그리고 선명한 오렌지
색 알약 하나. 퇴출 대상 1호는 바로 오렌지색 약이다. 그런데 문
제가 생겼다. 막상 약을 하나 빼려고 하니 아쉬움과 후회가 밀려
온 것이다. '괜히 하나 다 빼고 먹는다고 그랬네. 아무리 조그만
놈이라도 어찌어찌 반으로 쪼갤 수는 있을 것 같은데….'

유혹의 목소리는 이어졌다. '그냥 다 먹어. 다음 번에 약 하나
줄여도 되잖아. 지금까지 저 약 덕분에 잘 잤는데 굳이 오늘 줄일
필요는 없어.' 오른손에 들고 있는 컵과 왼손에 올려놓은 약들을
번갈아 봤다. 어찌할 바를 몰라 우두커니 서 있는데 아내의 3단
고음이 귓가를 때렸다. "거기서 뭐 해? 빨리 먹고 자야지." 허겁
지겁 오렌지색 약을 빼고 나머지를 꿀꺽 삼켰다.

침대에 누우니 불안했다. 잠이 잘 오지 않을 것 같았다. 평소보다 조금 늦게 잠이 들어 한 시간 정도 일찍 깼다. 왠지 모르게 밤새 잠을 설친 느낌에다 몸까지 무거웠다.

"나 어제 잘 못 잔 거 같아. 개운하지가 않아." 아내에게 넌지시 물었다.

"잠 못 잔 건 나거든. 어찌나 코를 심하게 고는지 탱크가 지나가는 것 같았어. 약 하나 빼니까 그렇게 느끼는 것뿐이야."

기분 탓인지 하루 종일 피곤했다. 낮잠도 한 시간 정도 잤다. 다시 저녁이 됐다. 선택의 시간이 돌아온 것이다. 전날보다는 '오렌지'를 골라내는 게 조금 쉬워지긴 했지만 불면에 대한 불안감은 여전히 남아 있었다. 그 때문인지 아침에 상쾌하게 일어나지 못했다.

둘째 날부터 작전을 바꿨다. 한 번에 약을 줄이는 데 성공하겠다는 욕심을 내려놨다. 의사 말처럼 힘들면 다시 약을 늘리면 되고 어느 정도 시간이 흐른 뒤 다시 줄이면 된다고 스스로를 격려했다. 일주일 정도 지나니 오렌지를 뺄 때도 갈등이 거의 없었고

수면 리듬도 예전처럼 회복됐다.

치료제 퇴출 1단계 작전이 끝나고 의사를 다시 만났다. 일주일 동안 벌어졌던 상황에 대해 설명했다.

"너무 힘드시면 다시 약 추가해도 됩니다. 큰 문제 없어요."

"일주일 더 버텨보려고요. 그때도 힘들면 말씀드릴게요. 잠도 이제 다시 잘 잡니다."

처음으로 약을 줄인다는 기쁨 때문에 실패 없이 한 번에 끝내고 싶은 마음이 강했던 것 같다. 그걸 내려놓으니 오히려 쉽게 줄일 수 있었다. 의사는 내가 먹는 약 가운데 오렌지색이 의존성이 강한 거라며 다음에 다른 약을 줄일 때는 훨씬 쉬워질 거라고 했다. 정말 그랬다. '오렌지 군단'을 먼저 격파하고 나니 나머지 것들은 수월하게 물리칠 수 있었다. 역시 처음부터 제일 '센 놈'과 붙어야 한다.

우울증이
'왔다'

"나, 우울증……이 왔어."

언젠가부터 친한 사람들과 통화할 때 우울증이 '왔다'는 표현을 쓰기 시작했다. 우울증에 '걸리다'라고 말해도 될 텐데 왜 군이 왔다라고 했을까. 곰곰이 생각해보니 질병과 관련된 단어들이 꽤 있었다. 걸리다. 들다. 앓다. 생기다. 국립국어원 표준국어대사전에서 이들 단어의 정의를 찾아봤다.

걸리다: 병이 들다.

들다: 몸에 병이나 증상이 생기다.

앓다: 병에 걸려 고통을 겪다.

오다: 질병이나 졸음 따위의 생리적 현상이 일어나거나 생기다.

치르다: 무슨 일을 겪어내다.

이 단어의 정의가 저 단어에 들어가 있고 저 단어에 있는 내용이 다른 단어의 정의에도 포함돼 있다. 이 말이 저 말 같고 저 말이 이 말 같다. 그런데 예문을 만들어보면 미묘한 차이를 발견할 수 있다. 인간은 '병든' 부모를 모시기도 하고 감기에 '걸리고' 홍역을 '치르기'도 하고 치매를 '앓기'도 한다. 하지만 홍역이 '든' 아들, 감기를 '치르는' 어머니는 어딘가 어색하다. 뜻이 비슷하다고 해서 아무 문장에나 갖다 붙일 수 있는 건 아니라는 이야기다. 가장 무난한 건 역시 '걸리다'이다. 병에 걸리고, 감기도 걸리고, 홍역도 걸리고, 치매도 걸린다.

우울증도 걸리거나 생기거나 앓는다. 그런데 왜 나는 걸리다는 무난한 표현 대신 우울증이 왔다라고 말했을까? 아마 걸리다라는 표현이 마음에 '걸렸기' 때문은 아닐까? 개인적으로 걸리다라는 단어는 수업을 빼먹고 도망치다 학생주임 선생에게 딱 걸릴 때 쓰는 느낌이 강했다. 내가 뭔가 잘못해서 우울증에 '걸린' 것처럼 말이다. 우울증이라는 놈의 다리에 내가 '걸려' 넘어진 것 같은 기분이 들었기 때문일 수도 있다. 아니면 우울증 치료에 많은 시간이 '걸릴 수'도 있기 때문에 의식적으로 혹은 무의식적으로 걸리다라는 표현을 피한 것 같다.

'걸리다'라는 말 대신 '왔다'는 말은 뭐랄까 중립적인 느낌을 준다. 내 잘못이 아니라 그냥 우울증이 자기가 알아서 나에게로 온 것 같은 상태 말이다. 한밤중 친구 여러 명이 좁디좁은 자취방에 불쑥 찾아와 방을 들쑤셔놓은 것처럼 우울증이 내 마음에 눌러앉은 느낌을 받았다. 어쩌겠나. 기왕 '오신' 불청객, 라면에 찬밥이라도 후딱 말아 먹여서 돌려보내야지. 올 때가 있으면 갈 때가 있는 것처럼 언젠가 자기 집으로 가겠지. 그때가 오면 친구들에게 이렇게 전화해야겠다. "어, 우울증 왔다가 좀 전에 갔어."

어, 우울증 왔다가 좀 전에 갔어.

말 없는
위로

"여기, 삼겹살 2인분 추가요!"

둘이서 벌써 4인분을 뚝딱 해치우고 추가 주문이 들어간다. 분홍빛 고기는 불판 위에서 지지직 소리를 내며 초콜릿색으로 익어간다. 후배와 만난 지 두 시간째. 고기만 열심히 먹고 있다. 후배는 우울증의 'ㅇ'도 꺼내지 않는다. 대신 이런저런 자기 사는 이야기를 늘어놓는다. 오히려 내가 눈치가 보인다. 뭔가 나한테 '위로'의 말을 한마디 할 법한데 말이 없다.

시계가 12시를 가리키자 주섬주섬 자리를 정리하고 일어선다. 계산대 너머 직원에게 신용카드를 건네는 순간, 후배의 두툼한

손이 가로막는다.

"형, 내가 계산할게요."

커피 한 잔도 안 사던 놈이 많이 변했다. 택시를 잡고 가려는데 무심한 듯 한마디 툭 던진다.

"형, 말은 안 해도 많은 사람이 걱정하고 있어요. 나, 가요!"

총총 걸음으로 사라지는 후배 뒷모습을 쳐다본다. 갑자기 또르르 물 한 방울이 뺨을 타고 내려온다. "짜식, 감동까지 주고 가네." 진짜 위로는 말이 아니다. 그냥 바라만 봐도, 눈빛만 봐도 안다. 진심으로 나를 걱정하고 있다는 걸 말이다. 내겐 다른 사람들의 '말 없는 위로'가 큰 힘이 됐다.

어느 날, 출근해서 보니 책상 위에 초코 과자 하나가 놓여 있었다. 누가 잘못 놓고 갔나 싶어 자세히 보니 포스트잇에 내 이름 석자가 적혀 있었다. 누가 보냈는지는 알 길이 없었다. 어느 날은 택배가 왔다 길래 가서 보니 '마음 다스리는' 책이 한 권 기다리고 있었다. 역시 발신자 추적 불가. 이럴 땐 내가 세상을 헛살지는 않았구나 하는 생각과 함께 가슴속 깊은 곳에서 뭔가 뜨거운 게 올라왔다.

위로는 장소도 가리지 않는다. 화장실에서 볼일을 보는데 후배 하나가 옆 소변기에 자리를 잡았다. 오랜만에 만나는 후배다. 하지만 인사하기가 참 뭣한 상황. 서로 화장실 벽만 뚫어져라 쳐다보며 자신의 임무에 집중한다. 볼일을 끝낸 뒤 세면대에서 다시 만났다. 잠깐 눈인사가 오고 간다. 물 묻은 손을 닦기 위해 휴지를 뽑으려는데 후배가 날쌔게 먼저 한 장 빼서 나에게 건넨다.

"선배, 파이팅!"

진짜 위로는 말이 아니다.
그냥 바라만 봐도, 눈빛만 봐도 안다.

03

예민한 레이다

예민한
레이다

　"밖에 주차돼 있는 차량 여섯 대의 번호판을 외웠어요. 카운터에 앉아 있는 남자 몸무게가 97.5킬로그램이라는 것도 파악했죠. 식당 여종업원이 왼손잡이라는 것도 알아요."

　영화 〈본 아이덴티티〉의 주인공 제이슨 본은 예민하다. 새로운 장소를 가거나 낯선 사람을 만날 때마다 온갖 정보들을 한눈에 파악한다. 고성능 더듬이를 장착한 곤충처럼 신경을 곤두세우고 주변을 살핀다.

　제이슨 본까진 아니지만 나도 꽤 예민하다. 식당에 가면 10분 안에 내 주변 사람들의 상황을 대략 파악할 수 있다. 어색한 표정과 불편한 손짓, 대화 도중 들리는 몇몇 단어들로 미루어 창가 쪽 테이블의 남녀는 소개팅을 하고 있다. 조명이 약간 어두운 쪽 자리의 남녀는 불륜으로 의심된다. 50대 중반으로 보이는 남자는 기름을 잘 발라 머리를 넘겼고 한 벌에 수백만 원은 족히 할 것 같은 정장을 차려입었다. 반면 남자보다 열 살 정도 어려 보이는 여자는 운동복 차림이다. 남편에게 집 근처에서 잠깐 산책하고 오겠다는 말을 남기고 이 남자를 만나러 온 게 아닐까. "담에 또 연락해도 되지?" 자리에서 일어나는 남자의 마지막 말에서 나는 불륜을 확신한다. 나도 이런 데 신경 쓰지 않고 음식을 음미하고 싶지만 그렇게 잘 안 된다. 수천 킬로미터 떨어져 있는 미사일을 감지하는 '레이다' 수십 개가 달린 것처럼 나도 모르게 각종 주파수가 잡힌다.

회사에서도 레이다는 돌아간다. 옆 부서 선배의 머리 가르마 위치가 바뀌었고, 한 후배의 아이섀도는 핑크빛이 짙어졌으며 또 다른 후배는 머리카락을 살짝 잘랐다. 이런 변화에 대해 상대방에게 이야기를 해주면 대부분 놀란다. 자기 식구도 모르는 걸 어떻게 알았느냐며.

"나도 알고 싶어서 아는 게 아니야. 그냥 알아지는 걸 어떡해."

레이다는 다른 사람의 외모 변화만 감지하는 데 그치지 않는다. 말투, 표정, 눈빛 등등 수많은 비언어적 표현에서 상대방의 감정을 읽어낸다. '저 친구는 내가 못마땅한가 보군. 쟤는 계속 나를 무시하는 말투를 쓰네.'

그러나 이 레이다는 큰 결함이 하나 있다. 바로 부정적인 감정이나 반응을 더 잘 감지한다는 거다. 하기야 사람들이 부정적인 반응을 보일 때 감정을 숨기는 경우가 많으니 고성능 레이다가 작동하는 거겠지만.

치료를 받으면서 바로 이 레이다가 우울증 원인의 하나일 수도 있겠다는 생각이 들었다. 주위 상황에 대한 예민한 레이다 반응은 대부분 독심술로 넘어가기 때문이다. '독심술을 쓰지 마라!' 우울증 치료와 관련된 책을 읽다 보면 자주 만나게 되는 법칙 가운데 하나다. 독심술은 글자 그대로 상대의 몸가짐이나 얼굴 표정을 통해 속마음을 알아내는 기술이다.

사실 사회생활을 할 때 독심술은 꼭 필요하다. 남의 마음을 읽어 나의 반응을 결정할 수 있기 때문이다. '인간은 사회적 동물'이라는 진부한 문구를 들이밀지 않더라도 인간은 남과 어울려서 살아가야 한다. 기왕이면 잘 어울려 살고 싶은 게 사람 심리다. 또나에 대해 공격적인 성향을 보이는 사람에 대해서는 미리 방어작전을 펼칠 수도 있다. 독심술은 사회생활을 잘하는 데 필수적인 무기인 셈이다.

문제는 독심술이 틀릴 때다. 상대가 나에 대해 이런저런 생각을 할 거라고 예상했는데 나중에 보면 아닌 경우가 종종 있다. 내마음을 나도 잘 모를 때가 많은데 남의 마음은 말해 뭣 하랴. 독심술 작전이 실패하면 후유증이 크다.

독심술을 하려면 머릿속으로 상대의 생각을 이리 재고 저리 재면서 전투 전략을 짜야 한다. 온갖 가상의 시나리오가 머릿속에서 핑핑 돌아간다. 실제로 벌어지는 일이 아닌데도 뇌는 시뮬레이션과 실제 상황을 구별하지 못한다. 상대방이 나를 무시한다고 생각만 했을 뿐인데 뇌는 실제로 무시하는 말을 들은 것처럼 스트레스 반응을 일으킨다. 상사가 뒤에서 내 실수를 '씹고 있겠지'라고 상상하면 몸과 마음은 실제 그 장면이 내 눈앞에서 벌어지는 것처럼 느끼는 것이다. 결과적으로 예민한 레이다를 가진 사람은 남들보다 더 많이 시뮬레이션을 하고 뇌는 더 많은 스트레스를 받게 된다. 우리 몸의 레이다는 성능이 너무 좋아도 문제가 된다.

생각을
생각하다

생각은 하는 걸까, 드는 걸까? 예문을 만들어 한번 살펴보자.

예문 1) 나는 집에 가야겠다고 생각했다.

예문 2) 갑자기 집에 가고 싶은 생각이 들었다.

예문 1의 주어는 '나'다. 즉, 내가 생각을 하는 것이다. 하지만 예문 2의 주어는 '생각'이다. 국어 문법 시간도 아닌데 왜 갑자기 문장의 주어를 찾고 있냐고? 일단 따라와 보라. 우울증 관련 책들을 읽다 보면 생각이라는 단어가 많이 언급된다. 어떤 사람은 생각은 '하는 것'이라는 논리를 펴고 또 다른 이는 생각은 '드는 것'

이라고 주장한다. 나는 둘 다 맞는 이야기라고 '생각한다' 혹은 둘 다 옳다는 '생각이 든다'. 내가 생각을 할 때도 있고 나의 의지와는 상관없이 어떤 생각이 떠오를 때도 있다.

'생각'에 대해 '생각'해보고 싶은 이유는 우울증 치료에서 생각 다루기가 무척 중요하기 때문이다. 우리는 보통 사건이 감정을 유발한다고 믿는다. 예를 들어보자. 평소 나를 괴롭히는 회사 상사가 전화를 걸어왔다. 순간 짜증이 났다. 전화를 받았다. 일이 많으니 이번 주말에도 출근을 하라고 한다. 전화를 끊고 나서 짜증 지수는 더 올라갔다. 위 예를 간단한 도식으로 표현해보자.

1. 상사가 전화를 했다 → 2. 짜증이 났다 → 3. 전화를 받았다 → 4. 주말에 출근하라고 했다 → 5. 더 짜증이 났다

나는 예전에(지금도 완전히 나아진 건 아니지만) 상사가 전화를 하면 일단 짜증이 났다. 상사가 전화를 한 사건이 짜증이라는 감정을 불러일으킨다고 생각한 것이다. 하지만 사실 뭔가 하나 빠졌다. 바로 상사가 전화를 한 사건에 대한 나의 '생각' 혹은 '해석'이다.

상사의 전화번호가 뜬 순간 내 머릿속에서 몇 가지 생각이 스쳐 지나간다. '이 양반, 왜 전화했지? 지난번처럼 엉뚱한 심부름 시키는 건 아닌가? 오늘 금요일인데 설마 주말에 특근하라는 건가? 아님 오늘 부서 회식 장소 빨리 예약하라는 건가?' 등등 짧은 순간이지만 수많은 생각이 떠오른다. 이 같은 여러 생각이 짜증이라는 감정을 불러일으키는 것이다.

업무가 많아서 주말에 출근하라는 이야기를 들은 뒤 더 짜증이 난 것도 비슷한 맥락이다. 상사는 단순히 주말에 출근하라고 말했을 뿐인데 '이번 주말에 가족들과 여행 가기로 했는데 글렀네'라는 생각이 들면서 부정적인 감정이 올라오는 것이다. 즉, 사건을 단순한 사건으로 보는 것이 아니라 나의 생각과 해석이 더해지면서 비로소 그 사건에 대한 특정한 감정이 생긴다.

똑같은 사건에 대한 다른 사람의 반응은 어떨까? 예를 들어 상사의 사랑을 독차지하고 있는 직원에게 동일한 내용의 전화가 갔다고 가정해보자. 그럼, 앞의 도식은 어떻게 달라질까? 아마 이럴 것이다.

1. 상사가 전화를 했다 → 2. 왠지 기분이 좋아진다 → 3. 전화를 받았다

이 부하 직원은 상사의 전화에 대해 아마 이렇게 생각 혹은 해석했을 것이다. '어, 인사 평가 때마다 항상 최고 등급을 주는 부장님이 전화를 했네. 지난번처럼 중요한 미팅에 데려가시려나? 오늘 금요일인데 그 미팅이 주말에 잡혔나?' 등등 평소 그 상사와 관련된 여러 긍정적인 경험들이 떠오른다. 이 때문에 기분이 좋아진 것이다.

업무가 많아서 주말에 출근하라는 이야기를 들은 뒤 기분이 더 좋아진 것도 비슷한 이유다. 상사는 단순히 주말에 출근하라고 이야기했는데 '이번 주말에 가족들과 여행 가기로 했는데 회사가 잘나가니 업무도 많아졌어. 주말에 근무하면 수당도 더 받고 인사 평가도 더 잘 받을 수 있을 거야. 가족 여행은 다음으로 미루지 뭐'라는 생각이 들면서 이 부하 직원은 긍정적인 감정을 느꼈다.

정리하자면 상사가 전화를 한 사건은 똑같은데 두 사람의 반응이 다른 이유는 바로 다르게 생각 혹은 해석을 했기 때문이다. 하지만 이 '생각'은 아주 빨리 지나가기 때문에 평소 우리는 생각을 '한다'는 혹은 생각이 '든다'는 '생각'을 하지 못한다. 그냥 특정 사건이 일어나면 자동적으로 평소에 쌓여 있던 감정이 올라오는 것이다. 문제는, 감정은 우리가 제어하기 어렵다는 것이다. 이 때문에 많은 전문가들은 특정 사건에 대한 우리의 생각 혹은 해석에 주의를 기울인다. 특정 사건에 대한 생각을 생각해보자는 것이다. 그러기 위해선 일단 내가 무슨 생각을 하는지, 혹은 어떤 생각이 드는지 알아차려야 한다.

예민한
레이다 2

생각을 알아차리는 면에서 나의 예민한 레이다는 강력한 무기가 됐다. 앞에서도 언급했지만 어떤 사건에 대한 내 나름의 생각 혹은 해석이 이뤄지고 그다음에 감정이 따라온다. 감정은 내 의지와는 상관없이 올라오는 것이라서 조절하기가 상당히 힘들다. 그러면 결국 남는 건 생각이다. 하지만 어떤 생각이 떠오르는지 스스로 알아차리지 못하면 생각을 교정할 수 없고 결국 부정적인 감정으로 직행하게 된다. 나의 경우 예민한 레이다를 활용해 생각을 비교적 쉽게 알아차릴 수 있었다.

'저 친구는 나보다 한참 후배인데 뭘 부탁할 때도 싸가지가 없네. 내가 다른 데서 왔다고 무시하는 건가? 지난번에도 나한테 얼굴을 잔뜩 찌푸린 채 퉁명스럽게 대꾸했지. 어떻게 하지? 한번 밟아줘야 하나. 아, 짜증 나네.'

　0.1초도 안 되는 사이, 서너 가지 '생각 전투기 편대'가 내 머릿속을 초음속으로 날아다닌다. 예전에는 이런 융단폭격에 무방비로 당했다. 짧은 순간 여러 생각들이 지나가는지도 모른 채 어느새 짜증이 확 올라와 씩씩거렸던 거다.

　하지만 외부로 향했던 레이다를 나의 내면으로 돌리고 난 뒤부터 공격 징후를 잘 포착했다. 일종의 공습경보 사이렌이 작동하는 거다. 신기하게도 생각을 알아차리기만 했는데도 예전보다 나 스스로 내 영혼과 감정을 갉아먹는 일이 줄어들었다. 물론 후배의 싸가지 없는 태도에 짜증은 나지만 강도가 약해진 느낌이었다.

　생각을 알아차린다는 건 다른 말로 하면 생각을 '바라보는' 것이다. 생각이라는 택시에 무작정 훌쩍 올라타는 승객이 아니라 교통정리를 하는 경찰관의 입장이 돼보는 거다. 생각에 빠져 헤매는 게 아니라 관찰자의 입장에서 한 걸음 떨어져 바라보자는 이야기다. 말처럼 쉽지는 않다고? 둔한 사람은 어떻게 하냐고?

맞다. 쉽지 않다. 이게 쉬운 일이면 내가 우울증 치료를 받는 일도 없었을 거다. 하지만 아주 어려운 일도 아니다. 자전거 타기를 배우듯 연습이 필요할 뿐이다.

생각도
연습이다

새가 머리 위를 날아가는 것은 막을 수 없지만
머리 위에 둥지를 틀지 않게는 할 수 있다.

종교개혁자 루터가 남긴 격언 중 하나다. 생각도 새와 같다. 내 의지와는 상관없이 수시로 주변을 얼쩡거린다. 이걸 막기는 거의 불가능하다. 하지만 쓸데없는 생각이 죽치고 앉아 있는 건 막을 수 있다. 어떻게?

일단은 생각을 알아차려야 한다. 생각을 알아차려야 생각이 꼬리에 꼬리를 물고 이어지는 걸 막을 수 있다. 다시 말해 내가 '생각'을 하고 있다는 걸 '생각'할 수 있어야 한다. 말장난같이 들릴 수도 있다. 나도 처음엔 그랬으니까. 하지만 조금씩 연습을 하다 보면 무슨 말인지 이해가 될 거다.

내가 효과를 봤던 생각 알아차리기 방법을 소개한다. 그건 바로 '또 다른 나'를 상상하는 거다. 담당 의사가 알려준 방법이다. 일단 조용한 공간을 찾아 편안한 자세로 앉는다. 눈을 감고 지금 떠오르는 생각들에 집중한다. 내 머리 위 3미터쯤, 또 다른 내가 나를 바라본다고 상상한다. '또 다른 내'가 '앉아 있는 나'를 보면서 혼잣말을 시작한다.

'흠, 어제 사무실에서 너를 째려봤던 선배 생각이 떠오르는구나. 다음 달에 전셋집을 옮겨야 하는데 대출금도 걱정이고, 우울증 치료가 효과가 있을지도 고민이네.'

즉, 객관적인 3자의 시선으로 바라보는 또 다른 나를 상상하면 내 생각을 알아차리기가 쉽다. 물론 처음에는 잘 안 된다. 하지만 자꾸 연습하면 익숙해진다. 정말이다. 생각도 연습을 해야 한다.

생각을 알아차리기 시작하면 놀라운 점을 발견할 수 있다. 수천수만 가지 생각들이 스쳐 지나간다는 걸 깨닫게 된다. 생각들이 떠오르는 데는 어떤 논리도 없다. 그냥 마구잡이로 여기저기서 날아든다. 생각 알아차리기 연습 전에는 이렇게 많은 생각들이 왔다 가는지 전혀 몰랐다.

눈을 뜨고 나면 떠올랐던 생각들을 종이에 적어보라. '뭐 이런 생각까지 했지?' 하고 놀라게 될 거다. 생각을 알아차렸으면 그다음으로 중요한 건 '둥지' 트는 걸 막는 일이다. 둥지가 생기지 않게 하려면 현실로 돌아와야 한다. 생각에 빠져 있는 나를 지금, 여기, 현실 세계로 호출해야 한다.

생각에 빠져 있는 나를
지금, 여기, 현실 세계로 호출해야 한다.

복식호흡,
지금 나를 느끼기

'복식호흡? 에이, 그게 얼마나 도움이 되겠어. 그래 봤자 호흡법인데.'

의사는 복식호흡의 중요성을 강조했지만 나는 속으로 심드렁하게 반문했다. 우울증 치료에 도움이 될까 싶어 읽었던 이런저런 책에도 복식호흡은 꼭 언급됐다. 어릴 적 다녔던 태권도장에서도 복식호흡 이야기를 들었을 만큼 흔한 호흡법이다. 하지만 흔하다고 해서 그 효과를 무시하다간 큰코다친다. 생각에 빠진 나를 현실 세계로 데리고 오는 조용하지만 확실한 방법 가운데 하나기 때문이다.

복식호흡은 간단하다. 숨을 마실 때 배를 풍선처럼 빵빵하게 만들고 내쉴 때 배에서 공기가 빠지는 느낌으로 홀쭉하게 만든다. 어깨는 가능한 들어 올리지 않는다. 그래야 가슴 대신 배로 숨을 쉴 수 있다. 이때 중요한 건 천천히 숨을 마시고 내뱉으면서 호흡이 들고 나가는 걸 지켜보는 거다. 아랫배에 손을 대고 있으면 들숨과 날숨을 느낄 수 있다. 내 경우에는 눈을 감고 복식호흡을 할 때 효과가 더 좋았다.

이렇게 복식호흡을 하면서 현재를 인식하게 된다. 지금, 바로 여기에서, 숨 쉬고 있는, 즉 살아 있는 나를 느낄 수 있다. 호흡에 집중하면서 배와 다른 장기들의 움직임에도 관심을 가져보자. 들숨과 날숨의 온도가 다르다는 것도 확인할 수 있다. 이렇게 내 몸과 나의 움직임을 느끼다 보면 내가 살아 있음을 새삼 깨닫게 된다. 잡생각에서 벗어나 현실로 돌아오게 되는 것이다.

복식호흡의 또 다른 장점은 몸과 마음이 안정된다는 데 있다. 우리는 스트레스를 받으면 심장박동이 빨라지고 호흡이 가빠진다. 뇌에서 비상 상황을 감지하고 우리 몸이 여기에 대응할 수 있게 심장으로 피를 빨리, 많이 보내기 때문이다. 심장이 펌프질을 해대고 호흡이 빨라지면 우리는 뭔가 안 좋은 일이 발생한 것으로 생각하게 되고 불안 상태는 계속된다. 하지만 복식호흡으로 숨쉬기를 조절하면 호흡은 이내 정상으로 돌아오고 뇌는 비상 사태를 해제해 몸과 마음이 편안해지는 것이다. 심장박동이나 혈액순환은 우리가 직접 통제할 수 없지만 호흡은 조절 가능하다. 물론 몇 분씩 숨을 참을 수는 없지만 조금 천천히 호흡하는 건 할 수 있다.

　복식호흡을 통해 일단 현실로 돌아오면 나는 두 번째 카드를 꺼내 든다. 일명 '토닥토닥' 요법. 글자 그대로 한 손으로 가슴을 가볍게 여러 번 두드리는 방법이다. 가슴으로 전해지는 진동을 통해 내가 지금 여기에 살아 있음을 느낄 수 있다. 또 잠들기 전 누가 나를 위로하는 듯한 따뜻한 느낌도 들어서 좋다.

　토닥토닥 요법까지 썼는데도 현실 복귀가 잘 안 되면 비장의 무기를 준비한다. 바로 '중계차 타기' 기법이다. 태풍이 오거나 대형 사고가 터지면 방송기자들은 현장에서 생중계를 한다. 태풍의 현재 위치와 바람의 세기, 강우량, 인명 피해 같은 현황을 실감 나게 시청자들에게 전달한다. 방송국에선 이걸 "중계차 탄다"라고 표현한다. 기자가 중계차에 올라타서 현장을 가기 때문에 이런 표현이 생긴 것 같다.

중계차를 타는 기자처럼 내 주위 상황을 크게 소리 내어 묘사하는 게 중계타 차기 기법의 핵심이다. 아, 물론 사무실이나 사람이 많은 장소에서 큰 소리로 생중계를 하게 되면 사람들의 뜨거운 시선을 한 몸에 받게 될 수 있으니 주의가 필요하다.

"네, 저는 지금 서울의 한 공원에 나와 있습니다. 휴일을 맞아 가족 단위 나들이객이 눈에 많이 띄는데요. 아빠와 아들은 모처럼 공놀이를 하며 즐거운 한때를 보내고 있습니다."

내가 기자가 된 것처럼 주변 상황을 생중계하는 거다. 지금 상황을 전달해야 하기 때문에 딴생각을 할 겨를이 없다. 짧게라도 중계차 타기를 한번 시도해보라. 머릿속을 떠도는 잡생각들이 많이 사라져버리는 경험을 할 수 있을 것이다.

생방송
인생

"방송 1분 전!"

긴장감이 잔뜩 묻어난 목소리가 스튜디오에 울린다. "타이틀 돌고 CM 세 개, 1분 반입니다." 모든 제작진들이 각자 자기 위치에서 자리를 잡고 피디 목소리에 귀를 기울인다.

"10초 전… 타이틀 스타트!"

뉴스 타이틀(뉴스 시작을 알리는 예고 영상)이 돌아가고 CM(광고)이 나간다. "마지막 CM입니다. 앵커 스탠바이!" 카메라는 스튜디오에 앉아 있는 앵커를 가까이 잡는다.

"시청자 여러분, 안녕하십니까? 뉴스 시작합니다."

생방송은 긴장의 연속이다. 잠깐만 한눈을 팔다가는 바로 방송 사고로 이어진다. 생방송은 오케스트라와 비슷한 면이 많다. 지휘자 혼자 잘났다고 좋은 연주가 나오는 게 아니듯 피디 한 명 잘한다고 방송이 잘 돌아가는 게 아니다. 카메라 감독, 음향 감독, 기술 감독, 진행 보조, 프롬프터, 자막실, 송출실, 주조정실, 아나운서 등 50여 명의 제작진이 한 몸처럼 움직여야 한다.

5분짜리 뉴스든 여덟 시간이 넘는 뉴스 특보든 생방송 진행 때 가장 중요한 건 바로 지금이다. 당연한 이야기 같지만 '생방송'이기 때문이다. 현재에 집중해야 한다는 이야기다. 조금 전 매끄럽지 못했던 진행에 계속 신경 쓰게 되면 엉망이 된다. 뉴스가 끝날 때까지 집중력이 필요하다. 물론 끝나고 나면 아쉬웠던 점을 되짚어 보면서 다음 방송 때 더 잘해야지 하는 마음도 먹는다.

우리네 인생도 사실은 생방송이다. 순간순간을 살아가는 것이다. 하지만 자꾸 '녹화 방송'에 집착한다. 1초, 1초, 시간은 지나가는데 과거의 실수에 연연하다 스텝이 꼬인다. 법륜 스님 말씀을 빌리자면 '자꾸 옛날 비디오를 보는 격'이다. 현재를 제대로 살지 못하는 거다.

길을 걸어가면서도 '그때 그랬어야 했는데' 혹은 '그때 그러지 말았어야 했는데' 하고 예전에 잘못했던 일에 마음을 쓴다. 미래에 대한 생각도 마찬가지다. '내일 회사 미팅은 어떻게 하지?', '이번 주말 근무는 진상 사원이랑 하는데' 등등 아직 일어나지 않은 일에 대한 불안감에 휩싸여 마음을 갉아먹는다.

나는 주로 미래에 대한 걱정을 많이 하는 편이었다. 특히 미래에 일어날 수 있는 상황에 대해 머릿속으로 끊임없이 '리허설'을 했다. 예를 들자면 이런 식이다. 회사에서 까칠하기로 소문난 누구와 이번 주 야근을 하게 됐다. 야근표에서 그 사람 이름을 보는 순간 머릿속에서 비디오가 자동으로 흘러간다.

'야근할 때 오랜만이라고 인사를 해야 하나? 인사를 하면 또 특유의 비아냥거리는 표정을 짓겠지? 그러면 나는 무시해야 하나? 아님 똑같이 빈정거려 줘야 하나? 저녁은 같이 먹고 할까? 아니면 나는 미리 먹었다고 이야기할까?' 이런 식으로 벌어질 상황에 대해 혼자서 계속 리허설을 하는 거다. 하지만 정작 그날이 되면 내가 예상했던 상황은 거의 일어나지 않는다.

물론 리허설대로 상황이 흘러가는 날도 있지만 그때는 그 상황에 맞는 반응이 저절로 나온다. 리허설이 별 소용없다는 이야기다. 놀라운 건 나는 머릿속으로 가상의 상황을 리허설한다고 생각하지만 실제 뇌는 '본방'이라고 판단한다는 거다. 즉, 머릿속에서 일어나는 가상의 상황에서 겪는 불편함, 갈등을 실제 그 일이 일어난 것처럼 경험한다는 거다. 이런 리허설은 정신 건강의 최대의 적이다.

오늘도 어김없이 '인생 방송'이 시작된다. '녹화 방송'을 틀지 '리허설'로 시간을 때울지, 아니면 '생방송'을 할지는 나에게 달려 있다.

"생방송 1분 전!"

딱
한 모금

"이이잉~" 태양이 작열하는 스페인의 휴양지에서 선탠을 한 듯, 검게 그을린 원두들이 분쇄기를 거치자 고운 입자로 변신한다. 카페 직원은 쿵쿵 소리를 내며 작은 국자 모양의 기구를 비우고 원두 가루를 담는다. 온몸에 체중을 실어 원두 가루를 평평하게 만든 뒤 기계에 끼운다. "치이익~" 가정집 샤워기보다 열 배나 센 압력이, 섭씨 100도에 가까운 물을 원두 가루 사이로 밀어 넣는다. 사막에서 뿜어져 나오는 석유 빛깔을 닮은 에스프레소. 뜨거운 물과 섞인 뒤 새하얀 잔에 고이 담겨 탁자 위에 도착한다.

"나… 한 모금만 마시면 안 돼? 딱 한 모금만." 아내 몫으로 나온 커피를 바라보며 배고픈 강아지처럼 애절한 눈빛을 보낸다.

"한 모금이야. 더는 안 돼." 아내는 마뜩잖은 표정을 지으면서 커피 잔을 내민다.

경건한 자세를 취한 뒤 두 손으로 잔을 잡고 코밑에 갖다 댄다. 고소하면서도 시큼한 향이 후각 세포를 깨운다. "꿀꺽." 목구멍으로 커피 한 모금이 내려간다. 석 달 만에 카페인을 영접한 몸속 세포들이 춤판을 벌인다. 머리부터 발끝까지 전류가 흐른다. 성경에 나오는, 선악과를 먹고 눈이 밝아진 아담과 이브가 이런 기분이었을까 상상해본다.

의사는 너무 참는 것도 스트레스가 될 수 있기 때문에 가끔씩 커피를 조금 마시는 건 나쁘지 않다고 했다. 하지만 깊은 잠을 자는 데 방해가 될까 봐 나는 커피를 비롯한 카페인 음료를 모두 끊어버렸다. 대신 허브나 과일 차 같은 음료를 주로 마셨다. 처음에는 그럭저럭 참을 만했는데 석 달이 넘어가니 커피 생각이 간절했다. 특히 밥 먹고 난 뒤나 달콤한 디저트가 기다리고 있을 때 더 그랬다.

도저히 안 되겠다 싶어서 아내와 거래를 했다. 커피를 100일 동안 끊는 데 성공하면 그 이후에는 조금씩 마실 수 있게 해달라고 졸랐다. 사람이 되기 위해 100일 동안 쑥과 마늘만 먹었던 웅녀처럼 나도 쑥 냄새 나는 허브 차로 입술을 적셔가며 그 기간을 견뎠다. 이런 내가 기특했는지 아내는 100일째 되는 날 '커피 제재'를 풀어줬다. 단, 일주일에 한 모금만 마신다는 조건이 붙었다.

한 모금이라도 마시게 된 커피와 달리 '신의 물방울' 와인은 여전히 손도 못 대고 있다. 소주는 써서 못 먹고, 맥주는 배불러서 안 마시고, 쏘맥은 너무 빨리 취해서 멀리해왔다. 그나마 입에 맞는 술이 와인이라서 가끔씩 마셨는데 우울증 치료를 받는 동안은 전혀 입에 대지 않았다. 하지만 고기를 굽거나 느끼한 음식을 먹을 때마다 와인이 그리웠다. 한 잔만, 아니 한 모금만이라도 마시면 좋으련만. 이럴 때마다 찬장에 고이 모셔둔 와인 잔을 꺼냈다. 포도 주스를 따르고 잔을 빙글빙글 돌린 뒤 진짜 와인이라고 생각하고 마시며 입술과 마음을 달랬다.

와인에 대해 쓰고 있자니 갑자기 와인이 당긴다. 하지만 냉장고에는 포도 주스만 들어 있다. 찬장에서 깊은 겨울잠에 들어간 애꿎은 와인 잔만 뚫어져라 쳐다본다.

기다려라. 치료가 끝나는 날, 내 너를 다시 꺼내리라. 포도 주스 대신 진짜 포도주를 가득 따르리라.

너는
몇 점짜리니?

"컹컹!" 날카로운 울음소리가 마음을 갈기갈기 찢는다. 몇 주째 이러고 있다. 뭔가 좀 하려고 하면, 눈이라도 잠깐 붙이면 마음 속 불안감은 어김없이 짖어대며 나를 흔들어 깨운다.

"불안을 완전히 없애는 게 치료의 목적은 아닙니다. 불안을 다룰 줄 아는 수준으로 만드는 게 궁극적인 목표입니다."

의사가 꺼낸 말에 오히려 불안해졌다. 시도 때도 없이 달려드는 불안 때문에 잠 못 이루고 있는데 불안을 없애는 게 목표가 아니라니….

"사실 불안뿐 아니라 분노, 슬픔 같은 감정은 없앨 수 없습니다. 없애서도 안 되고요. 감정 자체가 문제는 아닙니다. 특정 감정 이후 따라오는 불편한 신체 증상이나 불쾌한 생각이 우리를 괴롭히는 거죠."

들고 보니 맞는 말 같았다. 그러나 마음이 너무 힘들다 보니 그냥 약 하나 '뚝딱' 먹어서 불편한 감정들을 제거하고 싶었다.

"뭐가 제일 불안하세요?"

"우울증이 완치가 안 될 것 같아서 가장 불안해요. 또 혹시 낫더라도 예전처럼 사회생활을 다시 할 수 있을지, 재발은 하지 않을지 여러 생각과 걱정이 머릿속을 떠다녀요."

의사는 지금처럼 계속 치료를 받으면 나을 수 있다고 힘주어 이야기했다. 그러면서 하고 싶은 것과 할 수 있는 것을 구분해보라고 했다. 우울증이 낫지 않을까 봐 걱정할 시간에 꼬박꼬박 약 먹고 병원에 오고 산책하라고 했다. 또 내가 느끼는 불안감에 숫자를 매겨보라고 조언했다. 1부터 10까지 단계 사이에서 현재 불안감은 어디에 와 있는지, 그리고 상황에 맞는 '적절한' 불안 수준인지 확인하라고 했다.

예를 들자면 이런 식이다. 누군가 내 머리에 총을 겨누고 방아쇠를 당기기 직전이라면 불안감은 최고조에 이르러 숫자 10을 기록할 것이다. 당연한 반응이다. 이런 상황에서 불안하지 않다면 그게 오히려 이상한 거다. 하지만 약 먹는 걸 깜빡해 두세 시간 뒤에 약을 먹었을 때 뭔가 대단히 잘못될 것 같은 마음이 들어 '불안감 10'을 보인다면 과도한 반응이라는 이야기다.

치료 초기, 불안이 올라올 때마다 불안했다. 불안하다는 감정이 생기는 것 자체가 불안하고 불편했던 것이다. 자꾸만 불안감을 없애려고만 했다. 하지만 적정 수준의 불안은 오히려 우리 삶을 지탱해주는 든든한 버팀목이 된다. 미래에 대한 불안이나 건강에 대한 걱정 때문에 저축도 하고 보험도 들고 운동도 하고 밀린 업무도 하게 되는 것이다. 적정한 수준으로 제어만 된다면 불안은 좋은 친구가 될 수 있다. 불안한 마음이 든다고 무조건 배척하지 말고 불안감에게 물어보자.

"너는 몇 점짜리니?"

적자생존,
적어야 산다

출근을 하루 앞둔 저녁. 심장은 쿵쾅쿵쾅 요동치고 벌레 수십 마리가 기어 다니는 것처럼 온몸이 간질거렸다. 상태가 안 좋아서 치료 초기 두 달 정도 회사를 쉬었다. 어느 정도 몸이 회복됐다고 생각해 다시 출근하기로 마음먹었는데 하루 전 문제가 생긴 것이다.

'도망쳐 버릴까?'
'아프다고 말하고 다음 주부터 나갈까?'

생각들이 뫼비우스의 띠처럼 서로 꼬리에 꼬리를 물고 빙빙 돌았다. 안 되겠다 싶어 가방에서 노트를 꺼냈다. 현재 상태와 떠오르는 생각들을 하나씩 적어나갔다. 날뛰는 감정들이 고삐가 잡힌 듯 온순해졌다. 감정의 불순물이 천천히 가라앉으며 평정심을 되찾은 것이다. 불편한 감정이 올라올 때마다 담당 의사가 한번 해보라며 추천해준 방법이 위력을 발휘한 순간이었다. 나는 이 방법을 '적자생존'이라고 이름 붙였다. 환경에 적응하는 생물만 살아남는다는 그 '적자생존'이 아니다. 적는 사람이 생존한다는 뜻이다. 개인적으로 쓰기를 통해 큰 효과를 봤기 때문에 이 방법을 강력히 추천한다.

주치의는 환자의 왜곡된 생각을 교정하는 인지행동치료에서 많이 쓰는 방법이라면서 '사고기록지'라고 불렀다. 하지만 나는 '사고'라는 단어가 마음에 들지 않았다. 물론 생각을 뜻하는 사고思考겠지만 왠지 모르게 뜻밖에 일어난 불행한 일이라는 의미의 사고事故로 느껴졌다. 그래서 나는 사고기록지 대신 '감정 일기'라고 불렀다.

감정 일기는 불편한 상황을 자세하게 적는 데서 시작한다. 그리고 그 상황에서 느낀 감정들을 잘게 '쪼갠다'. 어떤 생각을 했기에 이런 감정들이 올라왔는지 살펴보고 그 근거를 기록한다.

그다음엔 여기에 대한 반론을 적고 이를 바탕으로 대안을 만든 뒤 감정 재평가에 들어간다. 써놓고 보니 참 어렵다. 아래 예시를 보면 쉽게 이해가 될 것이다.

일단 일기처럼 날짜와 시간을 쓰고 불편한 감정이 올라오는 상황을 묘사한다.

날짜/시간: 2018년 0월 0일 0시

*상황
- 우울증 치료를 위해 두 달 정도 회사를 쉰 뒤 다시 출근하는 전날 저녁.
- 심장이 빨리 뛰고 간지러운 느낌이 들면서 어딘가로 달아나고 싶다.

이때 내 마음속에 일어나는 감정들을 하나씩 적는다. 최고 센 강도를 100이라고 했을 때 어느 정도에 해당하는지 숫자를 매긴다. 감정들을 최대한 구체적으로 표현해야 한다. 그냥 두루뭉술하게 짜증이 난다든가, 화가 올라온다는 걸로는 부족하다.

불안: 50 두려움: 50 걱정: 40 어색함: 40 불편함: 30 외로움: 20

귀찮음: 20

나는 사전에서 감정 관련 단어들을 찾아냈다가 일기를 쓸 때 참고했다. 내 나름대로 분류한 감정 단어 목록은 다음과 같다.

1. 감사한 2. 감동스러운 3. 걱정되는 4. 고마운 5. 괴로운

6. 귀찮은 7. 그리운 8. 기쁜 9. 놀라운 10. 답답한

11. 두근거리는 12. 두려운 13. 막막한 14. 만족스러운

15. 미안한 16. 배신감이 드는 17. 불안한 18. 불편한

19. 비참한 20. 뿌듯한 21. 사랑스러운 22. 서러운 23. 서운한

24. 속상한 25. 슬픈 26. 심심한 27. 실망스러운 28. 쑥스러운

29. 쓸쓸한 30. 안심되는 31. 안타까운 32. 얄미운

33. 어색한 34. 억울한 35. 외로운 36. 우울한 37. 원망스러운

38. 자신만만한 39. 조마조마한 40. 즐거운 41. 지겨운

42. 짜증 나는 43. 편한 44. 포근한 45. 피곤한 46. 화가 나는

47. 허전한 48. 황당한 49. 혼란스러운 50. 흥분되는

51. 행복한 52. 후회되는

감정 상태 분류가 끝나면 마음속 생각을 최대한 알아차리고 그 생각들을 적어본다.

  *생각

  – 오랜만에 회사를 가는데 뭔가 또 큰일이 터질 것 같다.

  – 업무를 예전처럼 하지 못하고 실수를 자꾸 할 것 같다.

  – 회사 동료들과 어떤 이야기를 해야 하나 걱정된다.

  – 하루 종일 어색한 분위기가 이어질 것 같다.

  – 사람들에게 내 상황을 또 설명해야 하니 귀찮고 짜증 난다.

  – 다시 업무를 하다가 스트레스를 받아서 우울증이 더 심해지면 어떻게

   하나?

다음으로는, 왜 저런 생각들이 떠올랐는지 찬찬히 분석해본다. 생각의 근거를 찾는 작업이다. 들여다보면 과거에 비슷한 일이 발생했기 때문에 자동적으로 여러 생각들이 떠오르는 경우가 많다.

- 내가 쉬고 있는 동안 큰 사건이 많이 터져서 하루 종일 뉴스가 났었지.

- 글 한 줄 적으려고 해도 막막할 때가 많아.

- 사람들이 메신저로 자꾸 상태는 어떤지 물어봐서 굉장히 귀찮았어.

- 쉬는 동안 우연히 회사 동료를 만났는데 딱히 할 말이 없어 어색한 분위기가 흘렀어.

- 회사 복귀할 생각을 하면 답답해지면서 우울하게 지내곤 했어.

분석 작업이 쉽지는 않지만 조금만 더 힘을 내자. 거의 다 왔다. 다음은 '변호사 놀이'가 기다리고 있다. 법정에 선 변호사처럼 상대 논리를 하나하나 박살 내는 거다. 생각의 근거들을 잘근거리며 씹어버리는 거다. 최대한 이성적으로 생각을 짜내보자.

*반론

- 쉬고 있는 동안 별사건 없이 조용히 넘어간 날도 꽤 많았어.

- 글쓰기가 예전보다 쉽지는 않지만 2~3일 지나니까 좋아졌잖아.

- 안부를 묻는 동료들 중 진심으로 걱정해주는 사람들도 많았어.

- 어색한 분위기가 흘렀던 그 동료는 원래부터 그렇게 친한 사이가 아니었어.

– 오랫동안 쉬다가 업무 복귀하면 누구나 잘할 수 있을까 걱정해.

이제 고지가 코앞이다. 반론을 바탕으로 '빨간펜 선생님'처럼 처음 했던 생각에 밑줄을 쫙 긋고 교정한 뒤 대안을 제시한다.

*대안
– 내가 복귀한다고 해서 무조건 큰 사건이 터지는 건 아냐.
– 처음에는 힘들 수 있지만 시간이 지나면서 업무에 익숙해질 거야.
– 걱정해주는 동료들과 일하다 보면 어색한 분위기는 사라지고 다시 재미 있게 일할 수 있어.
– 업무 복귀에 대한 불안감은 당연한 거야. 너무 걱정할 필요는 없어.

마지막으로 감정 재평가가 남았다. 위 과정을 거치는 동안 감정 상태가 어떻게 변했는지 점수를 매긴다.

*감정 재평가
불안: 50 → 30   두려움: 50 → 20   걱정: 40 → 20   어색함: 40 → 30
불편함: 30 → 20   외로움: 20 → 10   귀찮음: 20 → 20

신기하게도 대부분의 부정적 감정들이 재평가되는 경험을 했다. 주목할 사실은 불편한 감정이 완전히 없어진 게 아니라는 것이다. '생각 교정'을 통해 적정한 강도로 조정된 것이다. 과대평가된 감정이 제자리를 찾았다.

　처음 감정 일기를 적을 때는 한 시간 가까이 걸릴 정도로 시간을 많이 잡아먹었다. 감정을 잘게 분류하는 것도 쉽지 않았고 생각을 알아차리는 것도 힘들었다. 하지만 꾸준히 계속하다 보니 익숙해졌다. 운전을 배우는 것처럼 말이다. 처음엔 핸들을 잡은 두 손에 힘이 잔뜩 들어가고 가속페달과 브레이크 위치도 헷갈리지만 나중에는 운전을 하면서 앞뒤 차의 움직임까지 살피고 라디오를 들을 정도로 여유가 생긴다. 감정 일기도 마찬가지다. 계속 쓰다 보니 시간은 20분 정도로 짧아졌고 전체 과정이 머릿속에서 착착 이뤄져 굳이 적을 필요가 없기도 했다.

과대평가된 감정이 제자리를 찾았다.

내 마음의
칭찬 스티커

초등학생 딸내미가 저녁도 거르고 책상에 앉아 뭔가 쓰고 있다. 야무지게 연필을 잡고 정성 들여 또박또박 써 내려간다. 언젠가부터 삐뚤빼뚤 악필로 변해 걱정했는데 그 좋아하는 밥도 안 먹어서 무슨 일인지 궁금했다.

"똥강아지, 뭐 해?"

"보면 몰라? 글씨 쓰고 있잖아."

"웬일로 글씨에 그렇게 정성을 들이니?"

"예쁘게 써 가면 선생님이 칭찬 스티커 주거든. 그거 30개 모으면 간식 쿠폰 받을 수 있어."

"아빠가 문구점에서 스티커도 사주고 간식도 줄 테니 글씨 좀 예쁘게 써봐."

"그거랑 이거는 다르지. 그리고 나 간식 먹고 싶어서 그런 거 아니야. 선생님께 칭찬받고 싶어서 그러는 거지. 나 집중해야 하니까 방해하지 마."

겨우 스티커 하나 받자고 저러고 있는 걸 보니 귀엽기도 하고 우습기도 했다. 사실 칭찬 스티커가 쌓이면 간식 말고도 혜택이 많다. 숙제 면제권, 청소 면제권, 학년이 끝날 때 '모범 어린이상'까지 푸짐한 경품이 기다리고 있다. 그러나 가장 큰 상품은 뭐니 뭐니 해도 바로 선생님의 칭찬이다. 칭찬은 고래뿐 아니라 우리 집 똥강아지도 춤추게 한다.

나도 칭찬 스티커를 도입하기로 했다. 내가 나한테 주는 셀프 칭찬이라 좀 뭣했지만 글씨를 예쁘게 쓰는 것처럼 작은 성공 스토리가 필요했다. 잣대가 너무 엄격하면 스티커를 못 받으니 느슨하게 기준을 적용했다. 하루 15분 이상 산책하기, 비타민 챙겨먹기, 3분 동안 복식호흡 하기, 일주일에 한 번 감정 일기 쓰기 등등. 남들이 들으면 웃을 수도 있는 아주 소소한 일이지만 성공하면 문구점에서 사 온 '참 잘했어요' 스티커를 다이어리에 붙였다.

셀프 칭찬 효과는 생각보다 컸다. 그깟 스티커 하나 받으려고 (그것도 내가 나한테 주는) 아침부터 일어나 산책을 하고 눈을 감고 명상에 잠기고 아랫배를 불룩하게 내밀고 복식호흡을 했다. 스티커 30개가 모이면 상품을 하나씩 풀었다. 화덕 피자로 유명한 맛집을 가거나 케이크가 맛있는 카페에 다녀왔다. 아내를 졸라 에어가 빵빵하게 들어간 운동화도 하나 장만했다. 물론 칭찬 스티커가 없더라도 맛있는 음식을 먹을 수 있고 신발도 살 수 있다. 하지만 작은 일에 대한 성공이 한 방울 한 방울 모이다 보니 어느덧 꽤 깊고 넓은 자신감의 강으로 변해 있었다.

오늘도 어김없이 아침 일찍 눈을 떴다. 가볍게 스트레칭을 하고 거실에 가부좌를 틀고 앉았다. 숨을 찬찬히 들이쉬고 내쉰다. 그러고는 양손으로 어깨 부위를 토닥이며 속삭인다.

"참 잘했어요."

잘 먹고, 잘 자고, 잘 싸기

"탁탁탁탁!" 도마에 닿는 칼 소리가 경쾌하다. 칼날을 만난 당근은 이쑤시개 굵기로 잘게 쪼개져 도마 위에 하나둘 엎드린다. 달궈진 프라이팬에 기름을 두르고 당근과 다진 마늘, 소금과 간장을 약간 가미하면 내가 제일 싫어하는 당근 볶음이 완성된다.

"아침부터 웬 당근이야?"

반찬 투정하는 아이처럼 미간을 찌푸리고 아내에게 투덜댔다.
"당근에 베타카로틴인가? 뭐, 그런 성분이 들어 있대. 우울증에 좋은 거라니까 오늘부터 매일 한 개씩 무조건 먹는 거야. 볶아

먹든 삶아 먹든 그냥 먹든. 오케이?"

　나는 입이 짧다. 단무지는 못 먹고 고춧가루투성이인 깍두기는 아예 젓가락도 안 댄다. 당근도 싫어한다. 소풍 가는 날이면 어머니는 단무지 대신 오이를 두 줄이나 넣어 김밥을 말아주셨다. 어른이 돼서도 입맛은 변하지 않았다. 결혼 초기, 아내는 내 식성을 놀라워했다. 맛의 본고장 '남도'에서 자라 온갖 산해진미를 접하던 아내였지만 남편의 '초딩' 입맛 때문에 밥상에 늘 달걀 프라이와 햄, 김을 올릴 수밖에 없었다. 아내는 내 식성을 고쳐보려고 노력했으나 나의 완강한 저항 때문에 번번이 실패했다.

　이제 전세는 완전히 뒤집어졌다. 우울증에 좋다는 핑계로 아내는 내가 평소 입도 안 대는 온갖 식재료를 냉장고에 꽉꽉 채워 넣기 시작했다. 비타민 B12가 풍부하다는 조개와 홍합은 냉동고 절반을 차지했다. 엽산이 풍부하다는 렌틸콩과 아스파라거스도 꽤 넓은 평수를 분양받았다. 멀티 비타민과 프로폴리스 캡슐, 그리고 태어나서 처음 들어보는 스피룰리나까지 건강 보조 식품도 식탁 위에 떡하니 정렬해 나의 선택을 기다렸다.

　아내는 먹는 것뿐 아니라 내 수면 상태도 '감시'하기 시작했다.

졸리면 한두 시간 낮잠을 자곤 했는데 최대 30분으로 수면 시간을 확 줄여버렸다.

"잘 먹고, 잘 자고, 잘 싸야 건강하대. 오빠는 화장실은 잘 가니까 음식과 잠에 신경을 더 쓰자고. 낮잠이 길어지면 밤에 푹 못 자잖아."

아내의 말에 자꾸 반항하고 싶은데 바로 포기했다. 틀린 말이 하나도 없기 때문이다. '건강한 육체에 건전한 정신이 깃든다'는 격언을 굳이 들먹이지 않더라도 몸과 마음은 떼려야 뗄 수 없는 관계다. 마음의 병이라고 해서 마음에만 신경 쓰면 안 된다. 몸에도 관심을 쏟아야 한다. 몸에 좋은 음식을 챙겨 먹고 술과 담배는 줄이든지 끊고 적당한 운동도 병행해야 한다. 몸이 안 좋으면 정신에 영향을 미치고 마음이 아프면 몸도 여기저기 고장이 난다. 잘 먹고, 잘 자고, 잘 싸야 몸도 마음도 튼튼해진다.

햇볕을 쬐는 것도 빠트릴 수 없다. 나는 우울증 치료를 시작하고부터 하루에 30분 이상 꼭 산책을 하며 '미스터 선샤인'을 영접한다. 걷다가 힘들면 그냥 벤치에 앉아 눈을 감고 해바라기처럼 태양을 따라 몸을 움직인다. 햇볕을 쬐면서 명상도 하고 생각도 정리하고 복식호흡도 하는 광합성 세트 메뉴다.

글을 쓰다 보니 어느새 배가 출출해진다. 어디선가 뽀글뽀글 홍합탕 끓는 소리가 들리는 듯하다.

마음은
변하는 거야

주관식 퀴즈 하나.

다음 괄호 안에 들어갈 가장 알맞은 말을 쓰시오.

우습게도 내가 가장 무서워하는 것은 (   )이다.

어떤 답을 쓰셨나. 마누라? 대출금 만기일? 바퀴벌레? 처음 병원을 찾았을 때 나는 '전화'라고 썼다. 하루 종일 스마트폰과 메신저를 쳐다보며 회사에서 전화나 메시지가 온 건 없는지 거의 10초 간격으로 확인했던 것 같다. 연락이 와도 문제, 안 와도 문제였다. 드르륵 하고 진동이 느껴지면 '또 무슨 사건이 터졌나?'

하는 생각에 가슴이 철렁 내려앉았고 아무 연락이 없으면 '내가 무능해서 일을 안 맡기는 건가?' 싶어 초조해졌다.

병원에 가면 불안감과 걱정, 우울 정도를 알아보기 위해 먼저 심리검사를 실시한다. 문장을 채우는 주관식도 있고 번호를 찍는 객관식도 있다. 시험 보는 기분으로 검사지를 작성하고 난 뒤 의사와 상담이 이어진다. 기껏 종이 몇 장 채웠을 뿐인데 그걸 바탕으로 의사는 내 심리 상태를 꽤 정확히 짚어냈다.

첫 시험 후 한 달쯤 지났을 때 간호사가 종이 여러 장을 내밀었다. 검사를 다시 하라고 했다. '지난번 시험에 합격을 못 했나?' 하는 의구심으로 대기실 소파에 앉아 시험지를 훑어봤다. 한 달 전과 똑같은 문항들이었다. 그런데 문제가 생겼다. 지난번에 무슨 답을 써냈는지 정확히 기억이 나지 않는 거다. 뭐, 정답이 있는 게 아니니 당시 상황에 맞게 검사지를 채웠다.

진료실에서 의사와 마주 앉고서야 왜 시험을 또 쳤는지 알게 됐다. 한 달 동안 내가 어떤 마음의 변화를 경험했는지 확인하기 위해서였다. 의사는 한 달 전 검사 결과를 나에게 보여줬다. 또박또박 눌러쓴 분명한 내 글씨. 하지만 검사지에 적어 넣은 답변들을 보며 깜짝 놀랐다. '내가 저런 멍청한 생각을 했나? 정말 사소한 일 때문에 불안에 떨었구나.' 마치 다른 사람 검사 결과를 보는 것 같았다.

"한 달밖에 안 지났지만 여러 영역에서 눈에 띄게 좋아진 부분이 보여요. 지금처럼 약물 치료도 꾸준히 하시고 '마음 공부'도 계속 병행하시면 좋을 것 같아요."

주치의의 칭찬에 약간 으쓱해졌다. 하지만 여전히 부정적인 생각이 주도하는 영역이 꽤 있다면서 그 부분을 찬찬히 들여다보라고 했다. 이후 한 달마다 내 '변심'을 지켜보면서 신기하기도 했고 놀라기도 했다.

드디어 마지막 시험을 보는 날. 다시 그 문제를 만났다.

우습게도 내가 가장 무서워하는 것은 (   )이다.

정답: 딱히 없다.

04

또라이 총량
불변의 법칙

또라이
총량 불변의 법칙

막내아들이 죽었다. 손가락 뼈마디가 완전히 나갈 정도로 심하게 맞아 죽었다. 밤낮을 가리지 않고 술에 빠져 살았고 도박에까지 손을 대다 결국 싸늘한 주검으로 돌아왔다. 원칙주의자에 깐깐한 시골 교회 목사인 아버지는 아들의 장례식장에서 담담하게 추도사를 읊는다. "완전한 이해 없이도 우리는 완벽하게 사랑할 수 있습니다We can love completely without complete understanding."

영화 〈흐르는 강물처럼〉의 한 장면이다. 늘 '성경'과 '바른 삶'을 두 아들에게 교육해왔던 아버지에게 막내아들의 죽음은 충격으로 다가왔을 것이다. 큰 아들은 잘 자라서 대학 교수가 됐다. 하지만 막내는 지역 신문사 기자로 일하며 밥보다 폭탄주를 즐겼고 도박에까지 손을 뻗쳤다. 방탕한 삶을 살다 아버지 앞에 시신으로 나타났으니 말문이 막혔을 것이다. 처음 이 영화를 봤을 때 내가 아버지라면 장례식장에 가지도 않을 거라고 생각했다. 가게 되면 욕설밖에 나오지 않을 것 같아서였다. 하지만 결혼을 하고 자식을 낳으면서 생각이 바뀌었다. 아무리 못마땅해도 결국 내 자식이다. 물론 아들이 이해는 안 됐을 거다. 하지만 자식에 대한 사랑은 변함이 없다. 그래서 결국 저런 추도사가 나왔을 것이다. 네가 이해는 안 되지만 너를 사랑한다는.

사회생활을 하면서 우리는 도무지 이해할 수 없는 사람을 많이 만난다.(또 계속 만날 것이다.) 출세를 위해 동료나 선후배를 깎아내리고 없는 잘못도 만들어 덤터기 씌우는 인간들. 권력자가 바뀔 때마다 여기 붙었다 저기 붙었다 하는 종족들. 잘되면 내 덕, 못되면 네 탓을 하는 사람들. 이런 상황이 힘들어서 관계를 끊기도 하고 때로는 직장도 옮긴다. 하지만 뉴턴의 '만유인력의 법칙' 보다 강력한 놈이 기다리고 있다. 바로 '또라이 총량 불변의 법칙'이다. 기껏 힘들게 이직했는데 또라이 숫자는 변함이 없다. 아니, 오히려 더 늘어난 것 같다.

이런 또라이 때문에 마음이 괴로웠다. 도저히 이해가 안 됐다. 사전에서 이해의 뜻을 찾아봤다. "깨달아 앎. 또는 잘 알아서 받아들임. 남의 사정을 잘 헤아려 너그러이 받아들임"이라고 돼 있다. 즉, 나는 다른 사람들을 잘 혹은 너그러이 받아들이지 못했던 것이다.

　처음에는 영화 대사처럼 그들을 완전히 이해할 순 없지만 사랑하려고 노력했다. 하지만 번번이 실패했다. 어느 날, 내가 나에게 터놓고 물어봤다. 괜찮은 사람처럼 보이고 싶어서 그러는 거 아니냐고. 그랬다. 남을 이해하는 쿨한 인간으로 평가받고 싶은 욕망이 마음속 깊은 곳에 똬리를 틀고 있었다. 속은 썩어터져 가는데 겉으로는 다른 사람을 이해하는 척, 사랑하는 척 가면을 쓰고 살았던 거다.

　그러다가 문득 깨달았다. 아니, 결심했다. 남을 이해하는 걸 포기하기로. 나 자신도 이해 안 되는 경우가 많은데 어떻게 남을 온전히 이해할 수 있겠는가. 대신, 그냥 나는 나대로 살아가기로 마음을 먹었다. 물론 타인을 이해하고 사랑할 수 있다면 얼마나 좋겠나. 하지만 나는 그들의 부모도 아니고 예수님이나 부처님도 아니다. 완전하게 이해 못 하면 어떤가, 사랑하지 않으면 어떤가.

나의 불완전함을 인정하고 '완벽한 삶'을 포기하는 것도 나쁘지 않은 것 같다. 그래서 나는 오늘도 꿈꾼다. 완전한 이해 없이도 온전하게 살아가는 세상을.

'다른' 사람은
'다르다'

　우리 한번 솔직해져 보자. 당신은 다른 사람들을 완전히 이해할 수 있나? "예"라고 우렁차게 대답할 수 있는 분들에게는 박수를 보낸다. 리스펙트! 나는 저 질문에 자신 있게 답할 수 없다.

　나는 자꾸만 이해를 가슴의 세계로 받아들였다. 남을 이해하는 걸 다른 사람을 포용한다는 걸로 생각했다. 사실 이해는 머리의 영역이자 팩트의 세계다. 1+1 =2라는 계산은 맞거나 틀리거나 둘 중 하나만 답이다. 1+1 =3이라는 답은 틀렸다. 이 계산이 이해가 안 된다고 포용하거나 사랑할 필요는 없다. 그냥 틀린 거다.

　반면 인간관계는 이해가 아닌 인정認定의 세계. 너와 내가 다르다는 사실에 동의하는 거다. 인정의 세계에 자꾸 이해의 논리, 즉 옳고 그름을 끌어 들이니 엇박자가 나는 것이다. 너와 내가 다르다는 걸 틀렸다고 인식하니 문제가 생긴다. 그래서 내가 선택한 전략은 남을 이해하는 게 아니라 그냥 있는 그대로 바라보는 것이었다. 다른 사람의 말과 행동에 어떤 형용사도, 해석도, 분석도 붙이지 않는 거다. 빨강과 파랑은 '다른' 색이지 '틀린' 색이 아닌 것처럼 타인은 '다른' 사람이지 '틀린' 사람이 아니다.

예전에는 또라이들을 이해하려고 애써보기도 했다. 그럴 때마다 짜증이 나고 울화통이 터졌다. 내 맘 같지 않아서다. 내 기준에 비추어봤을 때 저들은 몰상식하고 비정상적인, 즉 틀린 사람들이었다. 하지만 자신들은 절대 그렇게 생각하지 않는다. 아무리 귀에 대고 "네가 잘못했어. 너는 나쁜 놈이야"라고 외쳐봐야 소용없을 것이다. 오히려 그들은 당신이 틀렸다고, 그래서 바뀌어야 한다고 큰소리를 칠 게 틀림없다. 이런 적반하장 태도에 나는 다시 열 받고 마음에 생채기가 나고 벌레 먹은 것처럼 영혼에 구멍이 숭숭 뚫렸다. 그렇게 평생 살고 싶지는 않았다. 그래서 그냥 바라보기로 했다. 일종의 생존 전략이었던 셈이다.

있는 그대로 다른 사람을 보라는 것이. 다른 사람의 다름을 인정하라는 것이, 그 사람의 잘못이나 범죄까지 못 본 체하고 넘어가라는 이야기는 아니다. 그건 사회 시스템 안에서 해결하면 된다. 회사 내규에 따라 징계를 하든, 경찰에 신고하든, 법의 심판을 받게 해 교도소에 보내든 자신의 행동에 대한 책임을 지게 하면 되는 것이다.

'다른' 사람은 '다르다'는, 어찌 보면 참 당연한 이야기를 인정하는 게 쉽지는 않다. 계속 내 마음속 한구석에서 나만의 기준이 올라와 그들을 재고 비판하고 평가하고 단죄한다. 그럴 때마다 성난 말을 길들이듯 위위 하며 나를 달랜다. 나를 위해, 내 마음의 평화를 위해.

다른 '사람'은
'다르지 않다'

다음 문장을 큰 소리로 말해보자.

1. 이건 내 잘못이야.
2. 이건 네 잘못이야.

글로 써놓으면 누구 잘못인지 명확한데 보지 않고 듣기만 하면 누구 탓인지 구분이 잘 안 된다. 이 때문에 우리는 어떤 문제가 상대방 때문이라는 걸 확실하게 하고 싶으면 "이건 니 잘못이야"처럼 '네' 대신에 '니'를 넣는 경우가 많다. 문법적으로는 틀린 표현이지만 나와 너의 구분이 모호해서 발생하는 부작용을 막기 위한

땜질 처방으로 보인다.

그러고 보니 유독 우리말은 나와 상대방을 구분하는 단어가 희미하다. 나와 너가 좋은 예다. 뜻은 정반대인데 쌍둥이인 듯 닮았다. 막대기처럼 생긴 모음의 가지가 오른쪽으로 뻗으면 나가 되고 반대로 가면 너가 된다. 점 하나 차이가 완전히 다른 존재를 지칭하는 것이다. 나와 남도 마찬가지다. 나 바로 밑에 'ㅁ' 하나만 붙이면 남이다.

외국어에선 찾아보기 힘든 사례다. 나와 너를 지칭할 때 영어는 I와 You, 독일어는 Ich와 Du, 프랑스어는 Je와 Tu를 사용한다. 아시아권 언어도 마찬가지다. 중국어는 我(워)와 你(니)를, 일본어는 私(와타시)와 あなた(아나타)로 나와 상대방을 갈라놓는다. 생김새도 완전히 다르고 발음도 확실하게 구별된다. 물론 우리말처럼 나와 너 구분이 잘 안 되는 언어가 어딘가에 존재할 수도 있다. 하지만 나의 얕은 지식으로는 그 정도 깊이까지 파헤치지 못한다. 양해를 바란다.

나와 너의 문법상 차이점을 장황하게 늘어놓은 이유가 있다. 나와 다르지만 또 같은 점을 갖고 있는 너를 이해하는 데 도움이 될 것 같아서다. 바로 앞의 글에서 '다른' 사람은 '다르다'고 했다. 근데 사실 다른 '사람'은 다르지 않다. 말장난이 아니다. 작은따옴표 위치를 확인해보라. 사람이 강조되어 있다. 사람은 모두 다 같다. 정도의 차이는 있겠지만 같은 욕망을 갖고 살아가는 존재다. 배고프면 먹고 싶고, 졸리면 자야 하고, 사랑하고 싶고, 또 사랑받고 싶다. 그런데 살면서 이걸 깜빡할 때가 많다. 사람이 어쩌면 그럴 수 있냐고 남을 욕하면서 말이다. 나의 욕망과 욕구는 당연한 것으로 생각하면서 다른 사람의 그것은 무시하곤 한다.

다름을 인정하면서 동시에 같은 욕망을 지닌 인간임을 깨달을 필요가 있다. 내게로 향한 가지의 방향을 틀어 너를 바라보는 것이다. 나만 생각하지 말고 조금만 내려가 남도 살펴보자는 것이다. 나와 남. 엎어지면 코 닿을 듯 정말 가까운 거리지만 현실에선 지구와 100억 광년 떨어진 행성처럼 멀게 느껴질 때가 많다. 그게 바로 나와 너고, 나와 남이 아닐까.

요즘 꿈에 내가 미워했고 미워하는 사람들이 자주 나타난다. 현실에서 마주치면 여전히 부글부글 악감정이 끓어오르는 진상들이다. 신기하면서도 다행인 건, 꿈에서나마 그들에 대한 미움이 조금씩 옅어지고 있다는 것이다. 이렇게 시간이 흐르면 언젠가는 나와 너, 나와 남 사이에 존재하는 틈도 좁혀지지 않을까 하는 희망을 품어본다.

오늘 밤 꿈에 그들이 나타날까. 그렇다면 사다리를 타고 조금 더 내려가 봐야겠다. 나에서 남으로.

블랙리스트

블랙리스트를 만들었다. 나를 괴롭힌 진상 Top 10을 정하기 위해서다. 한 명, 한 명 아니 한 놈, 한 놈 노트에 이름을 적기 시작했다.("놈"이라고 표현했다고 꼭 남자만 리스트에 있는 건 아니다.) 이름 옆에 나에게 어떤 해코지를 하고 마음의 상처를 줬는지 세부적인 설명도 곁들였다. 한참을 적어 내려가는데 갑자기 펜이 멈췄다. 진상 No.7까지 적고 나자 막막해졌다. 더 적을 사람이 없었던 거다.

'어라, 날 괴롭힌 인간이 일곱 명밖에 안 된단 말이야?'

적기 전에는 머릿속에 수십 명의 얼굴들이 떠올랐다. 전과자 사진을 찍고 있는 것처럼 이름과 죄수 번호, 죄명이 잔뜩 보였는데 막상 적으려고 하니 망설여졌다. '얘는 리스트에 올라갈 정도로 악질은 아니지. 쟤는 날 짜증 나게 하는 데 선수지만 하는 짓이 잡범 수준이라⋯. 어휴, 내버려 두자.'

월드컵 국가 대표 선발보다 더 까다롭게 조건을 따져 블랙리스트를 만든 이유가 있다. 바로 용서하기 위해서다. 아직 인격 수양이 덜 된 관계로 너무 많은 사람을 용서할 자신이 없어 일곱 명만 선발했다. 우울증 치료를 받으면서 자기 전 꼭 치르는 의식이 있다. 두 손을 X자로 포개어 어깨 부위를 토닥거리며 책에서 본 마음 치유 명상문 일부를 기도하듯 조용히 읊조리는 것이다.

나는 알게 모르게 무지나 탐욕, 두려움, 분노 때문에
나에게 상처 입힌 나를 용서한다.

내가 평화로워지기를.
내가 행복해지기를.

이렇게 두세 번 정도 하고 나면 마음이 편안해지면서 잠도 잘 자게 된다. 가끔씩 눈물도 찔끔 나온다. 열탕에 앉아 있다 냉탕으로 옮길 때처럼 가슴속 한편이 시원해지는 경험도 한다. 여기서 끝나면 참 좋으련만 다음 구절에서 문제가 발생한다.

> 나는 알게 모르게 무지나 탐욕, 두려움, 분노 때문에
> 나에게 상처 입힌 당신을 용서한다.
>
> 당신이 평화로워지기를.
> 당신이 행복해지기를.
>
> - 스티브 플라워즈 저, 《마음챙김으로 불안과 수줍음 치유하기》, 소울메이트

어디서 문제가 생겼는지 눈치채셨나? 바로 '당신'이라는 단어다. 한동안 당신이 들어간 구절은 건너뛰고 나만 용서하고, 나만 평화로워지고, 나만 행복해지기를 바랐다. 그렇게 몇 달이 흐른 어느 날, 당신 부분을 극복하고 싶은 마음이 들었다. 조심스럽게 당신의 이름을 불러보기 시작했다. 쉽지 않았다. 이름들 앞에서 내 목소리는 급브레이크를 밟은 자동차처럼 덜컹거렸다.

복식호흡으로 숨을 고르며 마음을 가다듬는다. 내 목소리에 급제동을 거는 당신의 이름을 다시 불러낸다.

"000이 평화로워지기를, 000이 행복해지기를."

이렇게 깔끔하게 끝나면 좋으련만 자꾸만 소리 없는 아우성이 뒤에 따라붙는다.

"000이 행복해지기를…(바라지 않는다, 바라지 않는다, 바라지 않는다)."

역시 한국말은 끝까지 들어야 한다. '날 그렇게 괴롭혔는데 너도 행복해지라고? 그건 안 되지.' 당신의 행복을 비는 마음과 그걸 바라지 않는 심보가 계속 싸운다. 솔직히 내가 왜 당신이 행복하길 바라야 하는지도 잘 모르겠다. 나를 힘들게 한 대가로 너도 괴롭고 고통스러운 날들을 보내야 하는 거 아닌가? 그렇다면 여기서 한 가지 큰 문제가 생긴다. 바로 나 자신이다.

나도 나에게 상처를 주고 힘들게 할 때가 있다. 알게 모르게 나도 남에게 날카로운 말과 행동으로 정신적 타격을 가한다. 두려워서, 욕심 때문에, 어떨 땐 화가 나서. 다양한 이유로 남에게 상처 주고 나도 상처받는 것이다. 내가 남을 용서하지 못하고 행복을 빌어주지 않는다면, 같은 이유로 나 역시 용서받지 못하고 행복한 삶을 살 자격이 없을지도 모른다. 아니, 용서라는 말 자체가 성립하지 않을 수도 있다. 그냥 우리 모두 다 연약한 인간임을 깨닫는다면, 나도 누군가에게 상처를 줬고, 주고 있고, 줄 수 있다는 걸 인정한다면 남을 용서하고 그들의 행복을 비는 게 조금은 수월해지지 않을까?

자, 다시 자세를 고쳐 잡고 당신을 불러보자.

"당신이 평화로워지기를, 당신이 행복해지기를."

아직도 엉뚱한 메아리가 따라오는가?

당신이 평화로워지기를,
당신이 행복해지기를.

생존
수영

"난 정말 불행한 사람들만 우울증에 걸린다고 생각했어. 아니면 성격적으로 문제가 있는 사람이든지. 그런데 너는 둘 다 해당이 안 되는 거야. 그래서 너무 놀랐지. 네가 왜? 한편으론 너에게 좀 더 관심을 쏟지 못한 내가 미워지더라고. 너한테는 너무 미안하고."

전화기 너머로 울먹이는 소리가 들린다. 10년 전, 사회 친구로 만난 문 실장에게 인터뷰를 요청했다. 치료가 막바지를 향해가면서 주변 사람들의 반응이 알고 싶어졌기 때문이다. "네가 기자 역할을 해. 나한테 질문을 하란 말이야. 내가 너한테 우울증을 '커밍아웃' 한 이후 어떤 느낌이 들었는지 또 나한테 궁금한 건 없었는지. 질문은 미리 알려주지 말고."

질문을 미리 알면 정돈된 답변을 할 것 같았다. 그냥 '훅' 치고 들어와야 속 깊은 이야기가 '툭' 튀어나올 것 같았다. 며칠 뒤, 인터뷰를 위해 문을 만났다.

Q: 왜 네가 우울증에 걸렸다고 생각해? 평소 긍정적인 편이고, 불행한 인생을 산 것도 아닌 것 같은데 말이야.

A: 나도 처음에 진단받았을 때 당황스러웠어. 의사 이야기로는 우울증이 있는 사람들의 뇌를 관찰해보면 이른바 '행복 호르몬'이 적다는 거야. 우울증의 원인을 호르몬 불균형으로 보는 거지. 호르몬 자체가 변하니까 내 의지와 상관없이 우울증이 생긴다는 거야. 스트레스도 한 원인이겠지.

Q: 구체적으로 어떤 스트레스가 심했던 건데?

A: 내 삶에서 희망이나 어떤 돌파구가 안 보여서 스트레스를

심하게 받았던 것 같아. 회사가 몇 년 동안 좀 어수선했거든. 그 가운데 나는 뭐랄까 남태평양 한가운데 조그맣게 떠 있는 섬 같은 느낌이었어. 어느 대륙에도 속하지 못해 덩그러니 떨어져 나온 국적 없는 섬 주민 같은 상황이 계속됐지. 물론 꼭 어느 편에 서야겠다는 생각은 없었어. 그냥 내 상식에 기대서 하루하루 살아갔어. 그런데 양쪽에서 다 공격을 받고 있더라고. 한때 회사에서 힘을 가졌던 집단은 나를 자기들 말을 안 듣는 '이상한 경력 사원'으로 취급했지. 이래저래 마음이 너무 힘들어서 일주일에 거의 네댓 번은 혼자 술 마시고 집에 들어갔어. 지금 생각해보면 그때부터 마음의 병이 시작된 것 같아.

Q: '반대편'에서는 너를 좋게 평가했을 거 아냐?

A: 그런 사람도 일부 있었지만 대다수는 나를 '자기 편'으로 여기지 않았어. 물론 그렇게 대우받고 싶었던 건 아냐. 하지만 이런 상황이 지속되면서 소속감이 옅어지더라고. 생존 수영이라고 알아? 구조대가 올 때까지 최대한 물에서 오래 떠 있는 수영 방법 말이야. 내 신세가 꼭 그렇더라고. 살아보겠다고 망망대해에서

팔다리를 계속 휘저으며 버티는 난파선 선원 같았어.

가볍게 시작한 인터뷰는 점차 진지한 분위기로 변해가고 있었다. 문의 돌발 질문들은 내 마음을 솔직하게 들여다보는 계기가 됐다. 두려워서, 쪽팔려서, 아니면 괴로워서 내가 나에게 던지지 못한 질문들이 KTX보다 빠른 속도로 달려들고 있었다.

Q: 미래에 대한 불안감이 강하게 들었겠구나.

A: 응, 무서웠어. 생존 수영만 계속하다가 결국 제 풀에 지쳐서 포기할 것 같더라고. 언젠가부터 미친 듯이 인터넷 검색을 시작했어. 주로 이민 사이트를 뒤졌지. 그런데 답이 없더라고. 돈이 많아서 투자 이민을 갈 수 있는 것도 아니고 이 나이에 직장 때려치우고 유학을 가는 것도 쉽지 않겠더라고. 혼자면 뭐 어떻게 해보겠는데 아내에 딸까지 데리고 갈 엄두가 안 나는 거야. 너무 답답한 나머지 캐나다에서 용접공으로 일하려는 생각까지 했어. 근데 평생 펜대만 굴리고 산 내게는 그것도 어렵겠더라고.

Q: 정신과는 왜 가야겠다고 생각했어?

A: '감정의 둑'이 한순간 무너지는 느낌이 들었어. 내 마음은 튼튼하다고 생각했는데 어느 날 불안감이 30~40미터 높이의 해일처럼 들이닥치는 거야. 조금씩, 조금씩 감정의 둑에 구멍이 나고 있는 걸 몰랐던 거지. 찰랑찰랑하던 물살이 둑을 한 번 넘고 나니까 소용돌이치며 마음밭을 완전히 휩쓸고 가버렸어. 중간중간 흙도 다지고 보강 공사도 해야 하는데 그걸 놓쳐버린 것 같아.

지금 와서 생각해보면 감정의 둑 경보 시스템은 작동하고 있었다. 허위 경보로 취급해 내가 무시했을 뿐이다. 도무지 일이 손에 잡히지 않고 몇 주씩 잠 못 이루는 밤도 있었다. 퇴근 후 술 서너 잔은 마셔야 겨우 눈을 붙이던 시절이었다. 직장살이의 어려움을 다룬 드라마를 보며 혼자 카페에 앉아 눈물을 펑펑 쏟기도 했다. 하지만 '모두 다 이러고 사는 거지'라며 내 마음의 아픔을, 외침을 꾹꾹 눌러버렸다. 그게 결국 터진 거다.

Q: 소속감은 왜 낮았다고 생각해?

A: 정신과에 가면 여러 검사를 해. 검사 결과 나는 불안감이 높았고 소속감도 바닥이었어. 내가 남에게 이용당하거나 배신당할 수 있다는 의심도 상당히 강했고. 실제로 그랬으니까. 친한 척 다가와서 '누구 편'인지를 캐묻거나 '자기 편'으로 만들려는 인간들이 많았지. 그게 뜻대로 안 되자 왕따를 시키더라고. 몇 번 그런 일을 겪으니까 사람 만나는 게 너무 겁이 났어. 누가 밥 먹자고 하면 무슨 의도로 접근하는지 알기 위해 안테나를 곤두세워야 했지. 의사랑 상담하면서 특이한 점을 하나 발견했어. '우리 회사'라는 말이 한 번도 안 나오더라고. 보통 한국 사람들은 '우리 집'이니 '우리 엄마'니 '우리'라는 말을 많이 쓰잖아. 그런데 나는 회사를 언급할 때 '우리 회사'라고 안 하는 거야. 그냥 3인칭으로 마치 남의 회사 이야기하듯 했지.

Q: 회사에 우울증 진단받았다고 이야기하는 거 어렵지 않았어? 용기가 필요했을 것 같은데.

A: 생각보다 어렵지 않았어. 아프고 나니까 나머지 것들은 굉장히 사소해지더라고. 처음 우울증 진단받았을 때 너무 막막했

어. 의사는 1년 정도 봐야 한다고 했지만 1년이 될지 10년이 될지 누구도 장담을 못 하는 거잖아. 차라리 어디 부러지면 몇 달 뒤에 뼈가 붙는다는 식으로 예측할 수 있는데 마음의 병은 그렇지 않으니까. 치료가 길어지면 회사를 그만둬야 할 수도 있겠다는 생각도 했으니까 다른 건 별로 중요하게 느껴지지 않더라고.

저녁 무렵 시작된 인터뷰는 어느새 밤 11시를 넘어가고 있었다. 문 닫을 시간이 다 돼가는지 카페 직원은 덜그럭 소리를 내며 청소를 시작했다. 카페를 나와 문 실장 차를 얻어 타고 집으로 오면서도 인터뷰는 계속됐다.

"지금에서야 이야기하는 건데, 너한테 우울증 소식 듣고 난 뒤부터 네 전화받을 때마다 가슴이 철렁하더라고. 혹시 또 무슨 나쁜 일이 생긴 건가 싶어서. 연락이 없어도 걱정이 되고 말이야. 그런데 오늘 네 얼굴 보니 마음이 많이 놓인다. 목소리도 예전보다 훨씬 좋아졌고. 건강한 모습으로 다시 돌아와서 고맙다."

집 근처 길가에 나를 내려주고 차는 떠났다. 차 안에서 미처 하지 못했던 한마디를 뒤늦게 입 밖으로 꺼낸다. "내가 더 고맙다, 친구야."

눈에
뵈는 게 없어

"처음엔 아무 생각이 안 났어. 머릿속이 하얗게 변하더라고. 나를 사랑한다면서 극단적인 생각을 했다는 게 이해가 안 됐어. 그게 배신감인가? 모르겠어. 어쩌면 그럴 수가 있을까. 나를 사랑한다면 그렇게 하면 안 되지. 이 사람하고 못 살겠다는 생각이 들더라고. 그러다 시간이 조금 지나니까 이 사람을 어떻게 살려야하나 그 생각이 들었지."

치료 종료를 한 주 앞두고 아내와 마주 앉았다. 치료 기간 내내 궁금한 것도, 하고 싶은 말도 많았을 텐데 혹시라도 내 상태에 영향을 줄까 봐 참아온 아내의 이야기를 들어보기 위해서였다. 1년 가까운 시간이 흐른 터라 담담하게 이야기를 할 줄 알았는데 아내의 목소리는 어느새 물기를 머금고 있었다.

"우울증 진단받고 처음 두 달이 제일 힘들더라고. 오빠는 몰랐겠지만 내가 계속 오빠 상태를 체크했거든. 본인은 자기 상태를 잘 모를 수도 있으니까. 평소보다 멍 때리지는 않나, 다른 신체적 변화는 없나 계속 신경 쓰다 보니까 에너지 소모가 너무 많아지면서 피곤했어. 잠도 평소보다 많이 오고."

실제로 아내는 예전보다 피곤함을 자주 호소했다. 좀처럼 안 자던 낮잠도 한 시간씩 자는가 하면 저녁에도 나보다 먼저 곯아떨어졌다. 그런 아내를 보며 나는 약간 섭섭함을 느꼈다. 남편은 아픈데 속도 편하게 잘 잔다는 생각을 하면서 말이다. 다 나 때문에 그런 거였는데. 뒤늦게 아내의 이야기를 들으면서 반성과 후회가 밀려왔다.

"두 달 쉬고 회사 복귀할 때도 마음이 힘들었어. 오빠가 잘할 거라고 믿지만 혹시 이 사람이 상태가 또 안 좋아지면 어떡하나,

이러다 평생 우울증에 시달리는 건 아닌가. 그런 불안이 확 몰려 오더라고."

　우울증 환자의 가족도 우울증에 취약하다. 계속 환자의 상태에 신경 쓰다 보면 정작 자신의 마음은 챙기지 못할 때가 많다. 이 때문에 같이 상담을 받자고 아내에게 말했지만 전혀 먹히지 않았다. 아픈 사람은 집에 한 명이면 된다고, 병원에 가더라도 내가 다 나은 다음에 가겠다고 손사래를 쳤다. 아내는 옆에서 나를 지켜보며 자신의 삶에도 변화가 생겼다고 말했다.

　"가장 큰 변화는 겁이 없어졌다는 거야. 눈에 뵈는 게 없더라고. 그만큼 절박했으니까. 마음의 근육이랄까, 뭔가 좀 더 단단해진 것 같기도 해. 혹시나 오빠 우울증이 재발하더라도 처음만큼 놀라지는 않을 것 같다는 생각이 들어. 결국 마음의 문제더라고. 다시 우울증이 오면 안 된다고 생각하면 더 힘들 것 같아. 그냥 그럴 수도 있겠구나 하고 받아들이면 훨씬 편해질 것 같더라고. 내가 신도 아닌데 어떻게 우울증을 완벽하게 막을 수 있겠어."

학원에서 딸아이를 데려올 시간이 다 될 즈음, 아내와의 면담은 끝이 났다. 촉촉했던 아내의 목소리는 어느새 차분함을 되찾고 카랑카랑하게 울렸다.

"딸내미 좀 데리고 와. 눈에 뵈는 게 없는 아줌마는 졸음이 쏟아져 한숨 자야겠어."

마지막
진료

　가장 아끼는 셔츠를 옷장에서 꺼냈다. 가을 하늘을 닮은 파란색 줄무늬 셔츠. 최근 장만한 '슬림 핏'이 돋보이는 바지도 빼입었다. 새 구두에 발목 양말까지 장착했다. 거울 앞에 서서 머리를 정리하고 미백 효과가 뛰어난 로션으로 마무리했다. 출동 준비 끝. "잘하고 와." 아내의 환송을 받으며 집을 나섰다.

　오늘은 '미미 선생'과 마지막 진료가 있는 날이다. 그날이 오고야 만 것이다. 병원 가는 발걸음이 이렇게 가벼웠던 적은 없었다. 콧노래가 절로 나오고 세상 모든 사람들이 아름다워 보였다. 모르는 사람을 붙들고 "저 오늘 우울증 치료 마지막 날이거든요. 다

나았다고요"라고 큰 소리로 외쳐보고 싶은 충동이 일었다.

"오늘 치료 종료해도 될 것 같은데, 어떠세요?"

지난 진료 때 주치의 선생님은 느닷없이 '이별 통보'를 해왔다. 우울증 치료를 시작하면서 늘 꿈꾸던 날이었지만 막상 마지막이라고 생각하니 아쉽기도 하고 마음의 준비도 덜 된 것 같아서 한 번 더 병원에 오겠다고 말씀드렸다. 마지막 진료를 앞두고 일주일 동안 곰곰이 생각해봤다. 의사는 치료를 끝내자고 했는데 나는 왜 머뭇거렸을까?

겁이 났던 것 같다. 항상 내 편인 부모 품을 떠나 독립하는 사회 초년생의 심정이랄까. 1년 남짓한 시간 동안 병원을 다니면서 몸과 마음이 많이 회복됐다. 하지만 막상 치료를 끝내자니 의사의 상담도, 약물 치료도 없이 홀로서기를 해야 한다는 불안감이 살짝 들었던 것이다.

앞으로 볼 일이 없는 의사에게(우울증이 재발해 다시 만날 일은 없길 바라며) 마지막으로 질문을 했다.

Q: 치료를 끝내는 기준은 뭔가요?

A: 일반적으로는 환자 스스로 끝낼 때가 상당히 많아요. 약을 먹다가 불편함이 없어지면 병원에 더 이상 오지 않는 경우죠. 그러다가 불편해지면 다시 병원을 찾기도 하고요. 단순히 증상만 좋아지는 걸 넘어서 생각에 대한 부분을 정리하는 게 중요합니다. 지금까지 저희가 해왔던 게 이 단계죠. 불안이나 증상을 다룰 수 있는 사람이 되는 거예요. 통계학적으로 우울증 재발 확률은 20~30퍼센트 정도인데 불안을 다룰 수 있는 단계가 되면 재발 확률도 줄고 혹시 재발하더라도 예전보다 훨씬 빨리 회복할 수 있어요. 한 단계 더 나아가서 성격 구조까지 바꿀 필요가 있을 때도 있는데 그럴 경우 치료 기간은 좀 더 길어지게 되죠.

Q: 다시 병원에 가야겠다고 느낄 수 있는 증상들은 어떤 게 있을까요?

A: 처음 병원에 오셨을 때를 생각해보시면 돼요. 꽤 오랜 기간 잠을 거의 못 자거나 자더라도 계속 깨고, 또 가슴이 떨리는 등 신

체적 반응이 제일 먼저 오거든요. 그다음에는 생각이 영향을 받아요. 감정적으로 불안하고 여러 생각들이 꼬리에 꼬리를 물고 조절이 안 되고. 이런 상황이 지속되면 병원에 가서 잠깐이라도 다시 도움을 받아야 하는 상태라고 인식하셔야 해요.

말을 끝낸 의사는 컴퓨터로 차트를 정리했다. 잠깐 침묵이 흘렀다.

"이제 더 안 오셔도 될 것 같아요."

진짜 마지막 이별 선언. 의사 손을 붙잡고 90도로 허리를 숙이며 인사를 하고 싶었으나 "감사합니다" 한마디만 남기고 진료실을 나왔다. 그새 대기실에는 환자 두 명이 앉아 있었다. 그중 한 명은 오늘이 첫 방문인 듯 각종 검사지에 빼곡히 뭔가를 적고 있었다. 오래전 내 모습을 보는 듯했다. 다른 환자에게 주의를 뺏긴 내게 간호사의 질문이 날아들었다.

"다음 예약은 언제로 잡아드릴까요?"

"그러실 필요 없어요. 오늘 마지막 날이거든요."

"어머, 정말 축하드려요."

나도 '물개 박수'를 받았다. 간호사들에게 뭔가 멋진 말을 날리고 싶었지만 "그동안 고마웠어요"란 흔하디 흔한, 하지만 진심이 담긴 한마디가 나왔다.

문을 나서려는 순간, 병원 전화가 울렸다. 처음으로 정신과를 방문하려는 사람의 문의 전화인 듯, 간호사는 수화기 너머로 쏟아지는 질문에 답하느라 진땀을 빼고 있었다.

"정신과 진료 기록은 민감한 개인 정보라서 본인 동의 없이 다른 사람이 볼 수 없어요. 걱정 안 하셔도 돼요. 비용은 얼마나 하냐고요? 일반이랑 보험이랑 있는데요. 일반이 뭐냐고요? 아, 일반은요…."

이제 더 안 오셔도 될 것 같아요.

"저… 우울증 약 먹고 있습니다."

나의 말 한마디에 시끌벅적하던 저녁 식사 자리가 꽁꽁 얼어붙는다. 왜 술을 안 먹느냐며 질문을 던진 상대방은 흠칫 놀란다. 괜한 질문을 했다는 후회와 당혹감이 그의 얼굴에 번진다. 질문은 자취를 감춘다. 모두들 미리 짜기라도 한 듯 아파트 시세나 휴가 때 다녀온 해외여행 이야기로 화제를 확 바꾼다. 마치 아무도 내 대답을 듣지 못한 것처럼, 우울증은 대화 주제에서 쏙 빠져버린다. 나는 잠깐 어리둥절하다가 이내 분위기를 간파하고 아무 일도 없었던 것처럼 대화에 동참한다.

우울증은 불편한 주제다. 병명 그대로 우울한 이야기다. 말하는 사람, 듣는 사람 모두 껄끄럽다. 또 내가 그 병에 걸리지 않은 이상, 그저 남의 이야기일 뿐이다.

하지만 우울증은 더 이상 남의 이야기가 아니다. 국내 우울증 진료 환자는 2017년 기준 68만 명을 넘어섰다. 병원 방문을 꺼리는 사람까지 포함하면 200만 명에 육박한다는 주장도 있다. 전 세계적으로도 우울증은 심각한 병으로 인식된다. 세계보건기구에 따르면 우울증은 인류를 위협할 10대 질환 가운데 3위를 차지했고, 2030년이 되면 1위가 될 것으로 예상된다. 이렇게 우울증 환자가 늘고 있다는 뉴스를 접하면서도 나와 상관없는 일로 여겼다. '설마 내가?'라는 생각이 강했다. 이렇다 보니 우울증 진단을 받았을 때 충격이 상당히 컸다. '내가 왜?' 한동안 멍했다.

우울증 환자.

이 간단한 다섯 글자를 인정하고 고백하기까지 많은 시간과 용기가 필요했다. 처음 겪는 일이라 막막했다. 주위에 물어볼 사람도 없었다. 인터넷에는 우울증에 대한 막연한 불안과 공포를 조장하는 글이 넘쳐났다. 치료에 도움이 될까 싶어 여러 책을 뒤적였지만 큰 효과를 못 봤다. 대부분 정신과 의사들이 펴낸 책이었는데 너무 교과서적이라 내 이야기 같지 않았다. 환자들의 목소리가 담긴 책은 찾아보기 힘들었다. '나 우울증 걸렸어요'라고 대놓고 책까지 쓰기가 뭣한 사회 분위기 탓일 거라고 생각한다.

치료가 막바지에 접어들 즈음, 가슴속에 담아뒀던, 세상에 하고 싶은 말들이 흘러넘치기 시작했다. 그래서 직접 책을 쓰기로 마음먹었다. 이야기들이 증발할까 봐 자다가 벌떡 깨서 한밤중에 컴퓨터 키보드를 두드리기도 했다. 우리 사회에서 터부시되고 있는 우울증 이야기를 진지하지만 너무 무겁지 않게, 유쾌하지만 경박하지 않게 풀어내고 싶었다.

마지막으로 아내 황은아와 딸 하진에게 사랑과 고마움을 전한다.

2019년 2월

김정원

오늘 아내에게
우울증이라고 말했다

ⓒ 김정원, 2019

2019년 2월 10일 초판 1쇄 인쇄
2019년 2월 20일 초판 1쇄 발행

지은이 | 김정원
발행인 | 이원주
책임편집 | 엄초롱
책임마케팅 | 박혜연

발행처 | (주)시공사
출판등록 | 1989년 5월 10일(제3-248호)

주소 | 서울시 서초구 사임당로 82(우편번호 06641)
전화 | 편집(02)2046-2896 · 마케팅(02)2046-2882
팩스 | 편집 · 마케팅(02)585-1755
홈페이지 | www.sigongsa.com

ISBN 978-89-527-9551-9   03810

본서의 내용을 무단 복제하는 것은 저작권법에 의해 금지되어 있습니다.
파본이나 잘못된 책은 구입한 서점에서 교환해 드립니다.

도서의 국립중앙도서관 출판예정도서목록(CIP)은 서지정보유통지원시스템 홈페이지(http://
seoji.nl.go.kr)와 국가자료공동목록시스템(http://www.nl.go.kr/kolisnet)에서 이용하실 수 있습
니다.(CIP제어번호: CIP2019002705)